繪本 平家物語

源平合戦略地図

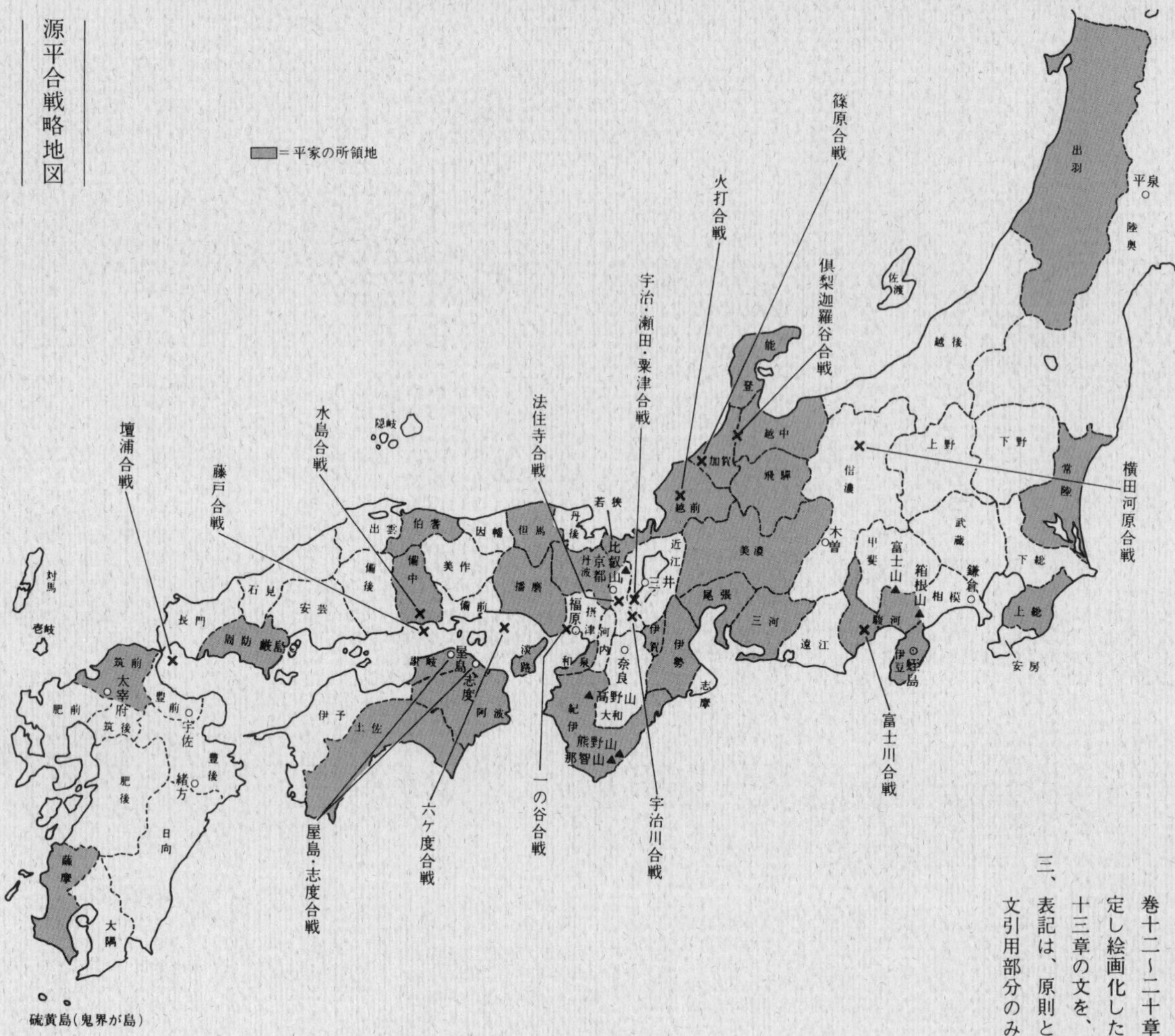

凡例

一、本書は、覚一本を底本とした講談社学術文庫『平家物語』(全十二巻・杉本圭三郎訳注)ほかを参考に、絵画化した場面に沿って著者が書き下ろしたものである。

二、原典は全十二巻(灌頂巻は巻第十二に含まれる)、各巻十二〜二十章段から成るが、本書では、著者が選定し絵画化した七十九場面と、絵画場面を含む百四十三章の文を、原典の流れに沿って配列した。

三、表記は、原則として新漢字、新仮名づかいとし、原文引用部分のみ旧仮名づかいとした。

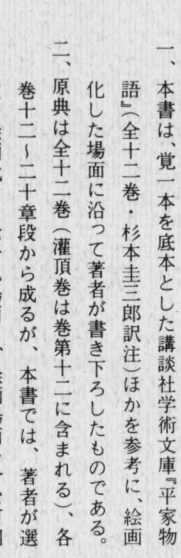

繪本 平家物語

巻第一

祇園精舎《ぎおんしょうじゃ》

「祇園精舎の鐘《かね》の声、諸行無常《しよぎやうむじやう》の響《ひびき》あり。
娑羅双樹《しやらさうじゆ》の花の色、盛者必衰《じやうしやひつすい》の理《ことわり》をあらはす。
おごれる人も久しからず、唯《ただ》春の夜の夢のごとし。
たけき者も遂《つひ》にはほろびぬ、偏《ひとへ》に風の前の塵《ちり》に同じ」

祇園精舎《ぎおんしょうじゃ》

殿上闇討　てんじょうのやみうち

平清盛の父、忠盛《ただもり》が昇殿を許された日を、平家が世に知られた日と数えれば、時は天承元年三月十三日のこと、西暦で言えば一一三一年、西欧では十字軍の戦いに明け暮れていた時代にあたる。

その平家の先祖をたどれば、桓武《かんむ》天皇の第五皇子までさかのぼるが、宮中の昇殿をゆるされたのは、得長寿院三十三間の御堂《みどう》の造営に尽くした平忠盛のときであった。

雲の上の人々はこれをこころよく思わず、忠盛を闇討《やみう》ちにしようと謀《はか》った。これを知った忠盛は参内《さんだい》のおり鞘巻《さやまき》をしのばせ、これみよがしにその刀を抜いて鬢《びん》にあてたりした。また、警護の供、左兵衛尉《さひょうえのじょう》家貞《いえさだ》が怪しまれて退出を命じられたときも、家貞は「備前守《びぜんのかみ》殿《どの》（平忠盛）が闇討ちにされるという噂があったので、控えているのだ」と答えたので闇討ちはなかった。

また、五節《ごせち》の節会《せちえ》のおり、殿上人《てんじょうびと》はみな「刀を持ち、随身《ずいしん》をつれて公宴に列するとはなにごとか」と忠盛につめよった。上皇は大いにおどろいて、忠盛に詰問された。調べてみたら、鞘巻の中身は木刀に銀箔《ぎんぱく》を張ったもので、厳密にいえばとがめる理由がない、いや弓矢を取るものの心構えは、そのようであらねばならぬと、かえっておほめにあずかるほどだった。

忠盛の嫡男《ちゃくなん》、清盛も父に劣らぬ知勇の人だった。度《たび》重なる謀反《むほん》事件の度に天皇の側にたって勲功をたて、その度に恩賞にあずかり、衛府督《えふのかみ》、検非違使別当《けびいしのべっとう》、中納言《ちゅうなごん》、などと位階があがり、ついには太政大臣従一位《だじょうだいじんじゅいちい》まで昇りつめ、兵を供にし牛車《ぎっしゃ》のまま宮中を出入りすることがゆるされるまでになった。

吾身栄花《わがみのえいが》

しかし清盛は五十一歳のとき病にかかったため、出家して入道《にゅうどう》となり、浄海《じょうかい》と名のった（以下、清盛のことを入道相国《しょうこく》と呼ぶことがある）。ただし栄華を極めたのは清盛だけではなく、その一族はやがて次のような要職を占めることになる。

嫡子重盛《しげもり》は、内大臣の左大将《さだいしょう》。
次男宗盛《むねもり》は、中納言の右大将《うだいしょう》。
三男知盛《とももり》は、三位《さんみ》の中将《ちゅうじょう》。
嫡孫維盛《これもり》は、四位《しい》の少将。

となり、このほかすべて一門の公卿《くぎょう》は十六人。殿上人は三十余人。また諸国の受領《ずりょう》、衛府《えふ》、諸司《しょし》などをあわせれば六十余人ほどにもなった。

また、御娘《おんむすめ》は八人あった。そのうちの一人は、花山院《かざんいん》の左大臣の奥方になられた。

また一人徳子は、高倉天皇のお后になり、皇太子に恵まれ、後に即位（安徳天皇）されてより、建礼門院《けんれいもんいん》となられた。

また一人盛子は、六条殿《どの》つまり藤原忠通の長男基実《もとざね》の北の政所《まんどころ》となられた。

また一人は、普賢寺殿《ふげんじどの》の北の方になられた。

また一人は、冷泉大納言隆房卿《れいぜいのだいなごんりゅうほうのきょう》の北の方。

また一人は、七条修理大夫信隆卿《しつじょうのしゅりのだいぶのぶたかのきょう》のもとに行かれた。

また、安芸国厳島《あきのくにいつくしま》の内侍《ないし》に生まれた娘があったが、この方は後白河法皇のもとへ参られ、また、九条院《くじょういん》の雑仕《ぞうし》、常葉《ときわ》に生まれた娘は、花山院殿の上臈《じょうろう》女房となられた。

なにしろ、このような次第だから、平家の要人の門前は、やがて市《いち》をなすほどに賑《にぎわ》いはじめ、その栄華の様は、まさに「平家にあらずば人にあらず」という勢いとなっていった。

祇王《ぎおう》

京のはずれ、人里をはなれた嵯峨野《さがの》のあたりに、剃髪《ていはつ》して暮らす人があった。それはもと白拍子《しらびょうし》として、清盛のひとかたならぬ寵愛《ちょうあい》をうけた祇王と祇女《ぎにょ》の姉妹とその母のとじ達である。

そこへ、一人の女が訪ねてくる。それは、ついこの間まで、やはり白拍子として清盛の寵愛をほしいままにした仏御前《ほとけごぜん》であった。

『平家物語』ははじまったばかりなのに、早くも脇道にはいり、悲しい、遊女の恋の物語となるが、この話だけでも、春の夜の夢、風の前の塵《ちり》と語る言葉に聞き入る思いがする。

祇王《ぎおう》

清水寺炎上《きよみずでらえんしょう》

二代后　にだいのきさき

先の帝《みかど》（近衛天皇）に先立たれたお后、大宮《おおみや》（右大臣藤原公能の娘、多子《たし》）は、近衛河原の御所にひっそりと住んでおられたが、芳紀まさに二十二、三という評判の美人だった。そのため、時の二条天皇はこの大宮を切にお迎えしようとし、ひそかに艶書をおくった。これを知った公卿たちは詮議の上、「いまだ二代の后にたたせ給へる例をきかず」と訴えられたが、耳をかそうともしなかった。

大宮はやむなく御入内《ごじゅだい》され、つぎのような歌を詠《よ》まれた。

　思ひきや　うき身ながらに　めぐりきて　おなじ雲井の　月を見むとは

やがて二条天皇も早世された。御年二十三歳だった。

大蔵大輔《おおくらのたいふ》伊吉兼盛《いきのかねもり》の娘に二条天皇の子があったが、この皇太子は二歳で天皇の位につかれ、六条天皇となられた。

額打論　がくうちろん

天皇の葬儀のおり、しきたりによって御墓所のまわりに各寺より額が懸けられることになっており、その順序もいつしか定着していたのだが、延暦《えんりゃく》寺の衆徒はなにを思ったか、順序の前例を破って興福寺の前に額をあげた。興福寺の評判の悪僧二人がこれを知って延暦寺の額を引き下ろして踏み砕いた。

清水寺炎上　きよみずでらえんしょう

額打ちの事件の際、延暦寺の衆徒は我慢していたが、二日後の永万《えいまん》元年七月二十九日、屈辱《くつじょく》を晴らすため大挙して押し寄せ、坂本あたりで防ぐあまたの武士、検非違使《けびいし》をもけちらして京へ乱入した。さては六波羅《ろくはら》に向かって平家を攻めるのかと、清盛は恐れたが、僧兵たちは六波羅へは目もくれず、一挙に清水寺に向かい、仏閣、僧房に火を放って、残らず焼いてしまった。

清水寺は興福寺の末寺だったためとみられるが、この災禍は、平家の所行を罰する天の計らいかも知れぬと噂された。

殿下乗合　てんがののりあい

嘉応《かおう》元年七月十六日に後白河院が出家された。

朝廷の継承、即位もめまぐるしく、公卿《くぎょう》、殿上人《てんじょうびと》も人事問題にのみ心を用いるため、天下はどうしても落ち着かなかった。

そのころ、小松殿（重盛）の次男、新三位中将《しんざんみのちゅうじょう》資盛卿《すけもりのきょう》という方があり越前守《えちぜんのかみ》だった。といってもまだ十三歳の少年である。その方が若い侍《さむらい》を三十人ばかりひきつれて蓮台野《れんだいの》から紫野《むらさきの》にかけて鷹狩りをし、大いに遊んだうえ暴走して六波羅へ帰ってきた。そのとき、おり悪《あし》く摂政松殿《まつどの》つまり藤原基房《もとふさ》の行列に出会った。松殿の護衛は資盛の一行と知ってかどうか
「無礼者め、馬からおりて道をあけろ」と怒鳴った。

思い上がっている資盛だし歳も若い。下馬の礼もものかは、駆け破って通ろうとしたので、護衛の者どもは、若い侍たちを、みなひきずりおろし、痛い目にあわせた。

このことを知った清盛は激怒したが、重盛は父清盛を諫《いさ》め、資盛など若者をあつめて厳重に注意した。

その後、清盛は、

「来る二十一日には天皇（高倉天皇）の御元服《げんぷく》の儀式に関して松殿がお通りになる機会がある。この行列を待ち伏せて、警護の者どもの髻《もとどり》を切ってしまえ」

と命じ、無骨《ぶこつ》者の家来の手によって清盛は意趣をかえしたが、このときが、平家の悪行の始めであった。申しひらきのたたぬ重盛は事件の発端となった資盛を叱り、

「入道相国（清盛）の評判を落す不孝の責任はお前にある」

と、しばらく伊勢国に謹慎させた。

殿下乗合《てんがののりあい》

鹿谷
ししのたに

鹿谷　ししのたに

その後、高倉天皇の御元服の儀式は無事終り、やがて清盛の娘、徳子が女御《にょうご》として参内《さんだい》した。

その頃、くわしい事情はわからないが太政大臣藤原師長《もろなが》が辞任されたため、その後の人事についていろいろな憶測が流れた。なにぶんにも当時の叙位、除目《じもく》は宮中の御はからいとか、摂政関白の御採決という常識によるものではなく、平家、つまりは入道相国《にゅうどうしょうこく》（清盛）の思うままというのが実情である。

たとえば、徳大寺の大納言実定《しっていのきょう》卿、花山院の中納言兼雅《かねまさのきょう》卿、新大納言成親《しんだいなごんなりちかのきょう》卿などは本来有力な候補と目されていたのに、事実はどうかというと、大納言の右大将だった入道相国の嫡男重盛が、左大将に、中納言だった次男宗盛が、数人の貴族を飛び越えて右大将の席についいた。

東山《ひがしやま》の麓《ふもと》の、鹿《しし》の谷《たに》は背後が三井寺《みいでら》につづく要害であった。ここにあった俊寛《しゅんかん》の山荘が、いつしか天下の動向を憂う人々の集まる極秘の場所となっていた。

新大納言成親、近江中将入道蓮浄俗名成正《おうみのちゅうじょうにゅうどうれんじょうぞくみょうなりまさ》、法勝寺執行《ほっしょうじのしゅぎょう》俊寛僧都《そうず》、西光法師《さいこうほうし》、山城守基兼《やましろのかみもとかね》、式部大輔雅綱《しきぶのたいふまさつな》、宗判官信房《そうほうがんのぶふさ》、平判官康頼《へいほうがんやすより》、新平判官資行《しんぺいほうがんすけゆき》、摂津国源氏多田蔵人行綱《つのくにのげんじただのくろうどゆきつな》、などの他、北面武士《ほくめんのぶし》などがあい集《つど》う主《おも》だった面々だったが、その日は後白河法皇もおいでになり、故少納言の子息の静憲法印《じょうけんほういん》がお供をした。法皇がその夜話題になった平家打倒の陰謀について、静憲にどう思うかと聞かれたところ、静憲法印は「そんな恐ろしい陰謀は、いつか漏れ聞こえて天下の一大事になりましょう」と答えた。

それは不吉な答えだったが、そのとき慌てて席を立った成親がそばにあった瓶子《へいじ》（酒を入れたとくり）を狩衣《かりぎぬ》のはしに引っかけて倒してしまった。瓶子を平氏にかけて、その場は笑ってみたが、それは必ずしも吉兆ではなかった。

鵜川軍　うかわいくさ

北面の武士、左衛門入道西光《さえもんにゅうどうさいこう》の子に師高《もろたか》という切れ者があった。検非違使五位尉《けびいしごいのじょう》にのぼり安元元年十二月には加賀守《かがのかみ》に任じられた。また師高の弟にあたる近藤判官師経《こんどうほうがんもろつね》も加賀国の目代《もくだい》になっていたが、この二人は神社寺院や権力者、勢力家と思われるところの荘園領地を平然と没収するという、極めて独善的な国務を行った。たとえば、鵜川という山寺で、僧侶たちが入浴のために湯を沸かしていたところへ、思い上がった師経の兵どもが押し入り、自分たちがその湯へ入ったり、馬を洗わせたりした。そんなことがあってから、寺僧の側と国府の側が対立することになり、騒ぎは次第に大きくなった。
御輿《みこし》をかついで直訴《じきそ》するのは、僧兵の常套《じょうとう》手段ではあったが、このたびは尋常の訴えではなかった。

御輿振　みこしぶり

安元三年四月十三日の朝、師高、師経の断罪を朝廷に迫る山門の衆徒は、十禅師《じゅうぜんじ》、客人《まろうど》の宮《みや》、八王子権現《ごんげん》の三社の神輿《しんよ》を振り上げ、大挙して強訴《ごうそ》に及んだ。

このしらせを聞いた平家は、左大将重盛が軍勢を率いて大宮大路に面した陽明《ようめい》門、待賢《たいけん》門、郁芳《ゆうほう》門を固めて待ち構えた。また、源氏では源三位《げんさんみ》頼政卿《よりまさのきょう》が北の門の守りについた。

衆徒の群は、北門から入ろうとしたが、頼政はまず神輿を拝したうえ、

「強訴の旨はもっともなことと理解するが、この門から入られたのでは、手薄の所をねらったことになって、神輿の面目にかかわりはすまいか」

と言った。

「そうだとも、大勢の守りを打ち破ってこそ後代の聞こえもあろう。歌道にも優れた頼政の守りを破ることは本意ではない」

というものが出て、数千人の大衆《だいしゅ》はまた神輿を振りあげて、待賢門に押し寄せたが、重盛の兵は神輿をなんとも思わず散々に矢を射かけ、かるく撃退してしまった。

神輿に矢が立ったのはこれがはじめてのことである。

内裏炎上　だいりえんしょう

一時は敗走した大衆だが怒りはおさまらず、あわや決戦とでもいう雲行きになったが、朝廷は師高を免官して尾張《おわり》に流し、師経は獄に投じられた。また神輿を射た武士六人を入獄させて事態の収拾がはかられ、騒ぎはようやくおさまったが、同年四月二十八日のこと樋口富小路《ひぐちとみのこうじ》あたりより火がでて、京の町は大火につつまれた。このとき内裏にも火が入り、炎が天を焦がすさまは地獄とも見え、世の末とはこのことかと思うほどであった。

御輿振《みこしぶり》

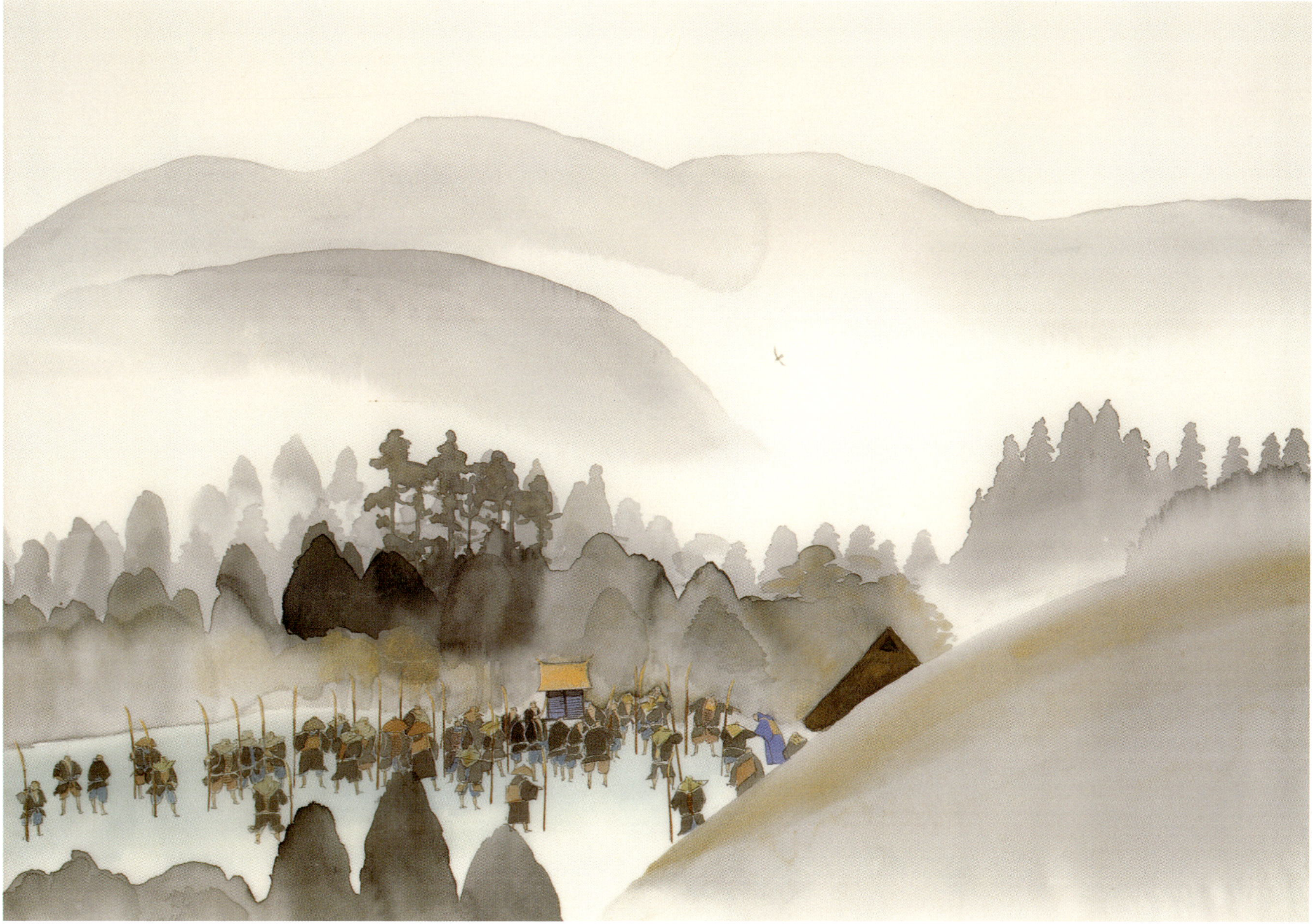

一行阿闍梨之沙汰
いちぎょうあじゃりのさた

巻第二

座主流　ざすながし

「このたびの御輿振りについては、そもそも加賀国《かがのくに》にあった天台座主《ざす》の寺領を、国司の師《もろ》高《たか》が廃止したため、その遺恨《いこん》によって、天台座主が衆徒を煽動《せんどう》し強訴に及んだものだ。無事おさまったからよかったけれど、もう少しで朝廷の一大事になるところでした」

と、西光法師《さいこうほうし》父子が讒訴《ざんそ》した。

そのぬれぎぬの弁解は空しいと考えた、（この場合の責任者にあたる）天台座主明雲《めいうん》大僧正は、延暦寺の印鑰《いんやく》つまり座主の印としての印と鍵とをお返しし、辞職をもうし出て受理された。

座主明雲は、徳の高いことで評判の方だっただけにその更迭《こうてつ》は事件となった。更迭どころか伊豆国《いずのくに》へ流されることになったのである。

これを知った延暦寺の大衆《だいしゅ》という大衆はことごとく蜂起し、座主が送られる道を断って必ず奪い返すといきまいた。

一行阿闍梨之沙汰　いちぎょうあじゃりのさた

もと天台座主明雲大僧正は、追立てる役人にかこまれて、志賀、辛崎《からさき》（現在の大津市内）のあたりを行くのだったが、このあたりは、湖上も陸路も雲か霞と見えるほど大衆が出没する様子に、警護のもの、見送りの使者などみな恐れをなし、前座主を置いたまま逃げてしまった。

前座主の言われるには、

「無実の罪で遠流《おんる》の身となったが、神も仏も恨み奉ることはない。私の身を案じて救いに駆けつけてくれた衆徒の芳志に、どうして報いればいいのだろう」

と、涙を流された。このとき戒浄坊《かいじょうぼう》の阿闍梨《あじゃり》祐慶《ゆうけい》という荒法師が進み出て、うむを言わさず御輿に御乗せ申し、自らそれを担いで険しい東坂を行き、比叡山《ひえいざん》東塔へむかった。

西光被斬　さいこうがきられ

前座主を奪還されて、法皇は心安からず、面目を失した西光法師（加賀守師高の父）は「これほどの狼藉《ろうぜき》をした山門の大衆をゆるすべきではありません」と進言するが、にわかに打つ手もなかった。

新大納言成親《なりちか》卿は、平家打倒の謀議《ぼうぎ》はしばらく実行に移さぬほうがいいかも知れぬ、と思案しておられたが、多田蔵人行綱《ただのくろうどゆきつな》は、このような経過となっていく謀議の前途に疑問を感じ、この上は身の安全をはかろうと考え、密かに入道相国のいる西八条の館へしのび、鹿《しし》の谷《たに》の一件を告白したため、謀議は一挙に発覚した。

この異変を察した西光法師が院の御所へ逃げ込もうとするところを、平家の侍どもにとり押えられ、西八条へ引きたてられた。

「天台座主を讒訴し、その上平家一門を滅ぼそうという謀議に荷担《かたん》するなど、憎きやつ」

と手足を縛られたが、西光も豪の者で、「清盛こそ成り上がり者よ」と、ののしることを止めなかったため、拷問《ごうもん》の上、口を割《さ》いて殺された。

小教訓《こぎょうくん》

新大納言成親卿も捕らえられ、一室に幽閉された。「鹿の谷のことが、いったい誰の口から発覚したのか」と悩み続けているうち、怒りをあらわにした入道相国（清盛）が突然入ってきて、「何の遺恨があってこの平家を滅ぼそうと謀るのだ。なに、讒言《ざんげん》などであるものか」と怒りはじめた。

あの西光法師の自白状が動かぬ証拠であった。入道はなおも腹にすえかね、家来に命じて成親を庭へ引きずりだして、ねじふせれば、子息の丹波《たんば》少将《しょうしょう》成経《なりつね》ほか、幼い子の身の上を案じ、のどをついて出る成親の声はいかにも悲痛であった。

このとき、小松殿（重盛）が見えた。わずかばかりの供しかつれていないのをいぶかり、どうして軍兵どもをおつれにならぬのか、と聞くものがあった。小松殿は、

「大事とは天下の大事をいうのだ。かようの私事は大事ではない」

と、言われ、そして父の入道相国にむかい、

「成親卿は正二位の大納言で、いまの法皇の覚えもめでたいお方です。あの大納言の妹が、わたしの妻、息子の維盛はまた大納言の娘婿ということもある。ただ、このような私事のために助命を請うのではない、むしろ、君のため、家のために言うのです」

と、訴えた。こうして死罪はまぬかれたのだったが、成親の北の方から見れば、いつ清盛の気が変わるかも知れず、また幼子に罪が及ぶことも恐れ、十歳になる女子、八歳の男の子を車にのせ、北山のあたりの雲林院《うんりんいん》へ身をかくされた。

昨日まで、賓客《ひんかく》の車が門にひしめいた成親卿の屋敷だったが、今日は物音一つせぬ不気味な屋敷になってしまった。

西光被斬《さいこうがきられ》

教訓状《きょうくんじょう》

少将乞請　しょうしょうこいうけ

丹波少将成経《なりつね》のもとに、西八条へ（つまり入道相国のもとへ）出頭を命ず、という使いがきた。成経は「自分は大納言成親《なりちか》卿の嫡男だから、父の罪に連座させられるにちがいない」と思った。

しかし、縁のことを思えば、この成経の妻なる方は、教盛《のりもり》の娘であり教盛は清盛の弟である。いわば親戚にあたるのだから、それほど無情な裁断はあるまいと、かすかな希望を持ってみたが、入道相国の怒りはただごとではなかった。宰相教盛が嘆願し、成経を自分の家に幽閉するという条件でようやく助命を乞うことができた。この上「成親卿の助命までは思いもよらぬが、とりなしてくれる人もあるだろうから、それほど心配したものではあるまい」という、はかない噂にもすがりつきたい思いをなさるのだった。

教訓状　きょうくんじょう

入道相国は、兵を集め、久しぶりに美しい武具に身を固めて、中門《ちゅうもん》の廊下へ出ていった。そして居ならぶ武将を前にし、朝廷に尽くしてきた来《こ》し方を語り、その功績を思えば、この平家一門を捨てることはできぬはずなのに、成親や西光などの言い分を信じ、後白河法皇までも陰謀に荷担《かたん》されるとは遺恨《いこん》のきわみだ。さりとて朝敵《ちょうてき》となっては後悔しても遅い。この上は法皇に、鳥羽殿《とばでん》へお移り願うか、それとも西八条へ来ていただくかどちらかだ。

「もしや北面の武士どもが、矢の一本でも射てみるがいい、ならば入道、ほとんど院への奉公は思い切ったぞ」

と、言ってのけた。

この知らせをうけた重盛は、車をとばして西八条へかけつけた。入道相国は、出家の身に鎧《よろい》をつけていることを重盛に見られまいと、あわてて法衣をもって鎧を隠そうとする。

「法皇のためには、益々忠勤にはげみ、民のためには、益々いつくしみの心を持って上に立っていただけるなら、法皇に思いなおしてもらえぬはずはない。どうかとるべき道をわきまえていただきたい」

と、古今の例をひいて涙ながらに父（清盛）の不忠を諫《いさ》めた。

重盛は法皇につくすべきか、父の恩を尊ぶべきかと迷ったが、院の御所法住寺《ほうじゅうじ》をお守りすべきだと決意し、

「私（重盛）に忠義を尽くそうと思うものは、みな武装して駆けつけよ」

と下知《げち》した。信望の厚かった重盛の命とあらば、必ず正しい命令にちがいないと思う武士たちが、我も我もと争って集結した。これを知った入道は、ようやく自分の非を悟り、「法

皇を幽閉奉るというようなことは、思ってもいなかった。ただ心配しただけなのだ」と、急いで鎧を外し、いかにも殊勝げに、数珠《じゅず》をまさぐって念仏を唱えてみせるのだった。

大納言流罪　だいなごんるざい

治承《じしょう》元年六月二日、新大納言成親卿はまわりを軍兵に囲まれ、せきたてられるようにして車に乗せられた。

「今一度だけ、小松殿に会えないものか。たとえ重罪で流されるとしても、供人《ともびと》を一人もつけぬということはあるまい」

と、かきくどかれれば、袖《そで》をぬらす者はあっても、力になれる者は無かった。しかし、死罪となるところを、小松殿の計らいで、流罪に減刑されたのではある。

護衛の一人、難波次郎経遠《なんばのじろうつねとお》というものに、「言い残しておきたいことがある、我が方のものが来ていないかどうか探してみてはくれないか」と頼まれたが、きびしい警戒のためか、見送る人は誰もないということだった。

思えばむかし、熊野詣《もう》での折りなど、二、三十艘《そう》の供船《ともぶね》を従えて船出したのに、いまは、ただ幕を張っただけの粗末な屋形船に乗せられて沖へでていく。都は次第に遠ざかり、日にちもすぎて、ようやく備前国《びぜんのくに》、児島《こじま》へ着く。そこが流刑の地である。京の住いとはうって変り、後ろは山、前は海、身をよせる場所はわびしい柴の庵《いおり》であった。

阿古屋之松　あこやのまつ

処罰は大納言だけではなかった。

近江中将入道蓮浄《おうみのちゅうじょうにゅうどうれんじょう》は佐渡国《さどのくに》、山城守基兼《やましろのかみもとかね》は伯耆《ほうき》国、式部大輔雅綱《しきぶのたいふまさつな》は播磨《はりま》国、宗判官《そうほうがん》信房《のぶふさ》は阿波《あわ》国、新平判官資行《しんぺいほうがんすけゆき》は美作《みまさか》国へと、それぞれ流された。

さきに備前国、児島へ流された新大納言成親卿は、その後少し離れた有木《ありき》の別所《べっしょ》というところへ移されていた。ところが、成親の子、丹波少将成経も、（清盛の弟で舅《しゅうと》にあたる、教盛の嘆願にもかかわらず）備中国、瀬尾《せのお》へ流された。

成経は、そこから備前の有木までは近いだろうから、父を訪ねて行ってみたいものと思い、瀬尾太郎兼康《かねやす》にその道のりをたずねたところ、「片道で十二、三日の距離です」と答えた。成経は、そのとき、〝阿古屋の松〟の逸話を思い出す。

「むかし、実方《さねかた》中将という方が奥州へ流された時、阿古屋の松という名高い松を訪ねられたことがある。陸奥《みちのく》でさがしあぐねていると、むかしは同じ国であった出羽国《でわのくに》にある、と教えられ、ようやく見つけることができた。転じて、備前、備中、備後もむかしは一つの

大納言流罪《だいなごんるざい》

徳大寺之沙汰《とくだいじのさた》

国だった。有木までがいくら遠いといっても、二、三日以上かかることはないだろうに、それを遠いというのは、父成親のいる所を知らせまいとしてのことだろう」と、涙を流し、その後父の消息を聞くこともなさらなかった。

その後、法勝寺《ほっしょうじの》執行《しゅぎょう》俊寛僧都《しゅんかんそうず》、平判官康頼《へいほうがんやすより》の二人に、備中にいた少将成経を加えて三人が、薩摩潟《さつまがた》の沖、鬼界《きかい》が島《しま》へ流されることになる。

そこは永遠に火が燃え、硫黄の臭いが立ち込めているという噂の島である。

大納言死去　だいなごんのしきょ

丹波少将成経《たんばのしょうしょうなりつね》が鬼界が島へ送られたという噂を聞いた父の成親《なりちか》は、もう生きて会えることはないものと悟って、出家した。しかし追及は厳しく、治承元年八月のこと、吉備《きび》の中山というところで、殺害された。二丈あまりの崖の上からつき落されたのである。

北の方は様を変えて尼になられた。この北の方は名だかい美人で、もと後白河法皇の思い人であったのを、お気にいりの成親卿へ賜《たまわ》ったのだということである。

徳大寺之沙汰　とくだいじのさた

徳大寺の大納言実定卿《しっていのきょう》が、官職の位を、平家の次男宗盛に越されたことは、「鹿谷《ししのたに》」の話のくだりにあった。

徳大寺の家臣だったといわれる知恵者の藤蔵人大夫重兼《とうくらんどのだいぶしげかね》が、

「入道相国の信仰する厳島《いつくしま》へ参り、大将になるための盛大な祈願祭を行い、かの社の内侍《ないし》（舞姫、歌姫）と遊び、名残惜しければ、内侍を都へつれて帰る。そうすれば相国の耳にも入り、『我が崇め奉る御神へまいって祈るとは、あないとおし』いやつじゃということになろう」

という策を授けたが、まことにその通りとなり、徳大寺は左大将になった。

入道清盛の単純さもさることながら、成親卿にくらべてあまりにもめでたい謀《はかりごと》であった。

そのころ比叡山では堂衆《どうじゅ》、学生《がくしょう》のあいだに争いが絶えず、一方、三井寺との勢力争いもつのるばかりで、互いに武力衝突をくりかえし、山門は荒れるにまかされ、殆ど滅亡するかと思われた。

また治承三年三月のこと、信濃《しなの》の善光寺も炎上し、世は乱れるばかりで、さては平家の世も終りが近づいたか、と噂された。

卒都婆流　そとばながし

鬼界が島へ流された、丹波少将成経、法勝寺執行《ほっしょうじのしゅぎょう》俊寛僧都《しゅんかんそうず》、平判官康頼《へいほうがんやすより》の三人には噂の一つも伝わっては来ない。

康頼は祝詞《のりと》をとなえて帰還を祈るが、俊寛はそれを冷やかな目でみるだけだった。

康頼は一計を案じて、一千本もの卒都婆《そとば》をつくり、

さつまがた　おきのこじまに　我ありと　おやにはつげよ　やへのしほかぜ

思ひやれ　しばしと思ふ　旅だにも　なほふるさとは　こひしきものを

と、歌二首を書いて海に流した。そのうちの一本が厳島《いつくしま》に流れ着き、このことが、都のうわさとなって人々の心をうごかしたという。

卒都婆流《そとばながし》

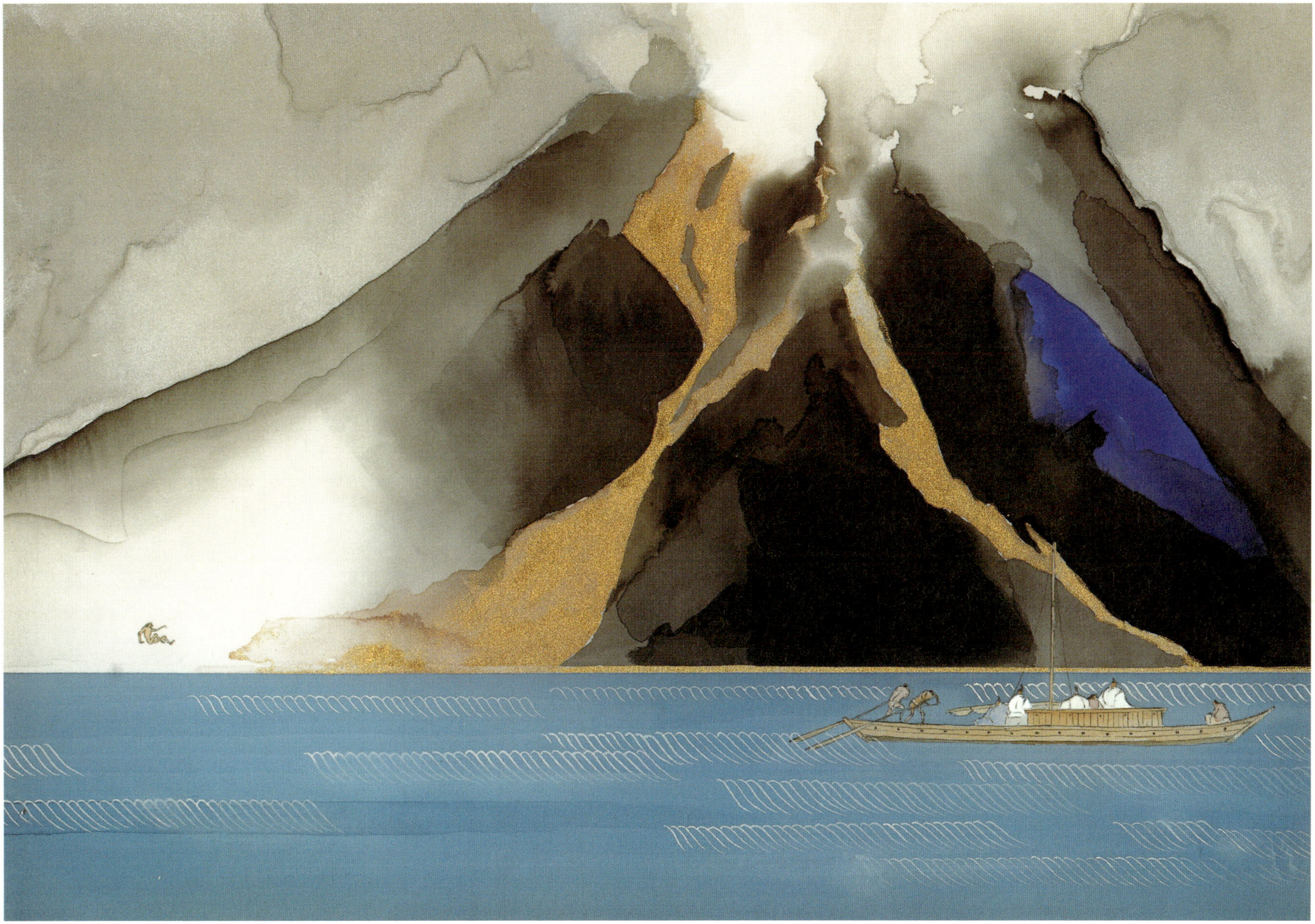

足摺
あしずり

赦文《ゆるしぶみ》

治承二年正月七日、東の空に彗星がでた。同じ年の六月、入道相国の娘御（後の建礼門院）が体の不調を訴えられたため、諸寺、諸社ことごとく御病気の平癒《へいゆ》を祈る騒ぎとなったが、御懐妊ということがわかり、不安は一転して喜びに変った。そのころはまだ中宮であられ、主上《しゆしよう》（高倉天皇）はその年十八、中宮は二十二歳だった。

加持祈禱《かじきとう》にすぐれた高僧は、神仏に祈り、星の運行による運命を頼み、皇子の誕生をこぞって祈念した。

中宮は月のすすむほどに苦しさも重なるようすだったが、このとき大納言成親卿の死霊、西光法師の悪霊、鬼界が島の流人《るにん》の怨念《おんねん》がわざわいするとしたら一大事だと、入道相国は日頃の短慮にも似ず、急遽《きゆうきよ》死霊の魂を鎮める祈念の儀式を行い、流人を許し、臨時の贈官贈位を行うなどした。

足摺《あしずり》

赦免《しやめん》の急使は七月下旬に出発したのだったが、鬼界が島に着いたのは九月二十日をすぎていた。

使いの者、丹左衛門尉基康《たんざえもんのじようもとやす》は雑色《ざつしき》（雑役をつとめる者）が首にかけた袋より赦《ゆる》し文《ぶみ》を取り、

「重科《ぢゆうくわ》は遠流《をんる》に免ず。はやく帰洛《きらく》の思《おもひ》をなすべし。中宮御産の御祈《おんいのり》によッて、非常の赦《しや》おこなはる。然る間鬼界が島の流人、少将成経、康頼法師、赦免」

と読み上げた。しかし俊寛の名はどこにも無い。

俊寛は、出て行く船にとりすがり、腰になり、脇になり、たけの立つまで引かれて行ったが、ついにあきらめて手を放した。ようやく渚にあがり倒れふし、こどものように足摺りして泣きわめいたが、心をとりなおして、高い所まで馳せのぼり、沖に出て行く船をむなしく招くのだった。そして、少将が都へ帰ったら、なにほどかの計らいをしてくれるだろうと、はかない望みに命をつないだ。

俊寛は一人になった。

御産　ごさん

鬼界が島を出た船は無事肥前《ひぜん》国、鹿瀬庄《かせのしょう》に着いた。

治承二年十一月十二日、いよいよ御産の気が見えると、縁故のある神社や寺では安産の祈禱《きとう》がはじめられ、六波羅はもちろん京中がにわかに騒がしくなった。

たとえば重盛は、絹四十領《りょう》、銀剣七つ、馬十二頭を引いて馳《は》せ参じた。

法皇も来られた。太政大臣も見えた。公卿、殿上人、高僧など、およそ主だった方のうち、だれ一人御産所に駆けつけぬ者はなく、御所には護摩《ごま》をたく煙が雲のようにたなびいた。

（そのころは、まだ中宮の亮《すけ》だった）頭中将《とうのちゅうじょう》重衡《しげひら》が御簾《ぎょれん》の内よりこばしりに走り出て「御産平安、皇子御誕生候ぞや」と高らかにつげられた。

清盛はうれしさのあまりに泣き、御産をことほぐ人々のどよめきは門の外まであふれたという。

めでたい御産の結願《けちがん》にあたり、勧賞《けんじょう》が行われた。また、仁和寺《にんなじ》では東寺の修造がなされ、相国が最も信仰する厳島では、鳥居や社を改築し、百八十間《けん》の回廊が新たに造られた。

御産《ごさん》

少将都帰《しょうしょうみやこがえり》

少将都帰　しょうしょうみやこがえり

清盛より赦しが出た丹波少将成経《なりつね》、康頼《やすより》入道の二人は、島づたいに備前国《びぜん》、児島《こじま》までたどりつく。道すがら成経の父の、もと大納言の住まわれた屋敷をたずねてみるが、すでに亡くなられた後で、家の柱や襖《ふすま》などに筆のあとを見るばかりだった。鳥羽の大納言の山荘も訪ねてみたが「築地《ついぢ》はあれどもおほひもなく、門はあれども扉もなし」という変わりようである。

二人は別れていかねばならぬが、行きずりの旅人が、同じ木の下に雨宿りしたときの別れでさえなごり惜しいのに、厳しい島の暮らしを共にした二人である。この別れに際し、どのような感慨が去来したことであろう。

少将は、家族との再会を喜び、再び院に召されて中将にまで昇進した。

康頼入道は、東山双林寺《そうりんじ》の山荘に落ち着き籠居《ろうきよ》して、『宝物集《ほうぶつしゆう》』という物語を書いたという。

有王《ありおう》

中宮は、六波羅より、内裏《だいり》へ上がられた。やがて御后《おきさき》になられ、皇子が位につかれたら、入道相国夫婦は、天皇の母方の祖父、祖母ということになる。それは入道の永年の夢であった。そのことを願いもし、祝いもして、厳島の大改修がなされた。
大赦《たいしゃ》も行われたが、またしても俊寛僧都《そうず》の名は無かった。

俊寛が、むかしかわいがって育てた有王《ありおう》という召使の童《わらわ》があった。鬼界《きかい》が島《しま》の罪人が、都へ帰されたと聞いて、俊寛僧都を訪ねていくが、その方は一人だけ島に残されたのだ、と聞く。

あまりに哀れなことだ、いかにもしてかの島へ渡り、どのようにしておられるか見とどけねばならぬと思いたった。三月も終り気候もようやく暖かになる頃、父母にも知らせず、薩摩潟《さつまがた》へくだり、商人船に乗ってようやく鬼界が島へついた。

だれに尋ねても俊寛の行方を知るものはなかったが、ある朝、まるでかげろうとしか思えぬほどに痩《や》せおとろえた男が、裸の身に藻《も》をまとうようにして、よろよろと出てくるのにあう。

あなたは、都より流されてきた、法勝寺執行《ほっしょうじのしゅぎょうの》御房《ごぼう》という方を御存知ではあるまいか、と聞けば男は「わたしこそ」と答えて砂の上に倒れ臥《ふ》してしまった。

有王は、ようやく俊寛にあう。

有王は、「俊寛が捕らえられての後、身内の方は逮捕され、尋問の上殺されたこと、北の方は病で亡くなったこと、ぜひ鬼界が島へつれていけと言って聞かなかったご子息も疱瘡《ほうそう》で亡くなられ、残るは姫御前《ひめごぜん》だけとなり、いまは奈良のおばのもとへ住んでおられること」などの消息をのべ、姫からの手紙をお渡しした。手紙には「父上だけが残されたことが口《く》惜《や》しいこと、わたしが男ならなんとしてでも鬼界が島へ参らぬはずのないこと、有王といっしょに帰って来て欲しいこと」などが書かれていた。

俊寛は、

「暦《こよみ》がないため、花が咲き葉が落ちるのをみて春秋を知り、月の満ち欠けを数えて、こどもの成長を偲《しの》んでいた。しかし、わたしも、もうこれ以上ながらえる意味はあるまい」

と言い、たまの食事もやめて、みごとな臨終を一心に祈った。

有王が来てから二十三日目、俊寛はついに亡くなった。三十七歳だったと言う。

有王は、俊寛僧都の遺骨を首にかけ、高野《こうや》へのぼってそれを納め、蓮華谷《れんげだに》で法師になり、諸国行脚《あんぎゃ》をして後世《ごせ》の菩提《ぼだい》を弔った。

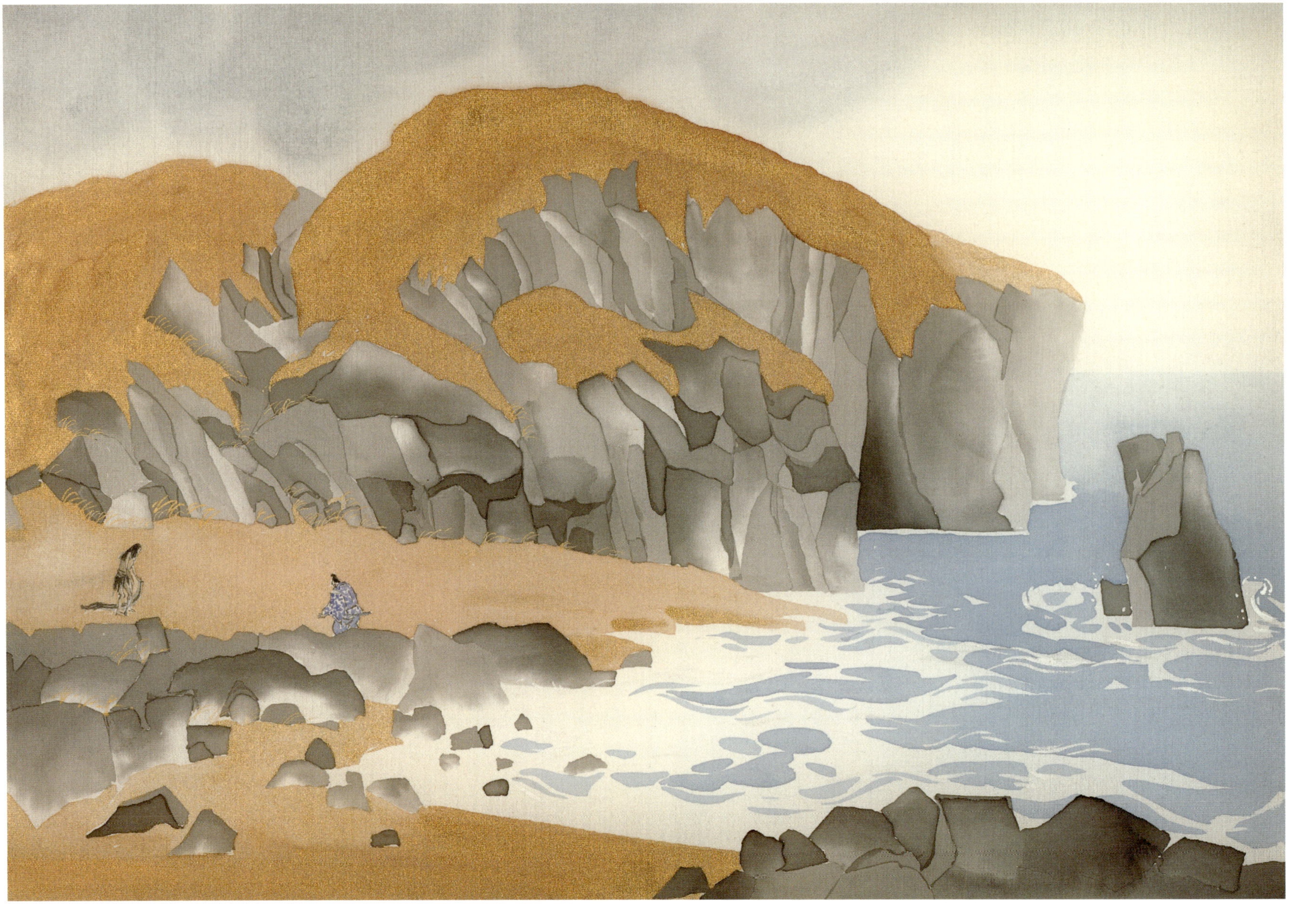

有 王
あ り お う

医師問答《いしもんどう》

医師問答《いしもんどう》

そのころ、清盛は日増しに悪逆《あくぎゃく》無道《むどう》となり、長子重盛の諫《いさ》めにも耳をかさなくなった。

重盛は熊野本宮に詣《まい》り、「入道清盛の悪心《あくしん》をやわらげ、安らかな世界が得られるならば、重盛の命が縮められてもかまいません」と祈った。

熊野の帰りに、岩田川を渡った折り、衣が水に濡れて喪服のように見えた。供の者が「お召しかえになってはいかがでしょう」とすすめたが、「これは願いがかなったしるしかもしれぬ」と、敢えて着替えようとはなさらなかった。

数日の後、重盛は病いの床につく。

心配した清盛は、たまたま宋より名医が渡って来ている、是非この医者に診てもらうようにと説得するが、重盛は「もし、かの国の医術によって治ったりしたら、本朝の医術は無きにひとしいことになる。この命が亡ぶとも国の恥を思う心を大切にしたいのだ」と言ってこの医者にかからなかった。

治承三年八月一日、この病がもとで重盛は亡くなった。享年四十三歳であった。

子に先立たれた親の悲しみは、だれにとっても同じである。さしもの入道相国も涙をながしてこれを悲しんだ。人々は、なにか起らねばよいが、と噂をした。

法印問答《ほういんもんどう》

治承三年十一月七日の夜、地震があった。その頃福原《ふくはら》にいた入道相国が、不吉にも軍兵を集めて都へのぼろうとする。これは朝廷に対し、なにか恨みがあるのではないかという噂がたった。

法皇は驚かれて、故少納言入道信西《しんせい》の子息静憲法印《じょうけんほういん》を使いにたてた。

入道相国は、

「重盛は生前、法皇のためを思ってどれほど尽くしてきたか知れない。その重盛が亡くなってからまだ四十九日もたたぬのに朝廷では八幡《やわた》（石清水《いわしみず》八幡宮）へ行幸なさるなど、お嘆きの色はすこしも察しられぬ」

人事のこと、鹿《しし》の谷《たに》の謀議のことなど、いまさらまたあげつらうのも詮《せん》ないことだが、

「およそ、老いて子を失うは、枝の無い枯木のようなもの、今は浮世のことに、こころを費やしても甲斐はない、もうどうなってもいいという心境になったぞ」

と、涙をこぼして嘆くのだった。

静憲法印は、

「ご不満のほどは、もっともな理由がおありかと思うが、しかし、官位も俸禄もあなたほどに満ち足りている方は他にない。それは法皇があなたの功績を認めておられるためだと

は言えないだろうか。天のこころは蒼《あお》く深く、外見でははかり知れぬもの、もういちど考えなおしてはいかがなものか」

と、切々とのべた。

大臣流罪　だいじんるざい

法印は御所へ帰って、この問答の様子を奏聞《そうもん》した。

その後の入道相国のふるまいはただごとではないと思われる。要職の人々を追放し、摂政関白までも替え、女婿の藤原基通《もとみち》を破格の大臣関白にするなどした。

太政大臣だった藤原師長《もろなが》は流され、尾張国《おわりのくに》へ落ち着き、配所《はいしょ》の月を見るのも、また風流なものよと、悠々とした月日を送っていた。

熱田《あつた》神宮に詣でたある夜、師長が琵琶を弾いて歌ったところ、神殿は大きく揺れ動き、あたりには花の匂いがたちこめて、音楽を聞く耳をもたぬ村人でも、身のふるえを感じるほどの変異があった。

師長は、平家の横暴がなかったら、いまこのような瑞相《ずいそう》を拝むことはできなかったかもしれぬと言って、涙をながしたという。

行隆之沙汰　ゆきたかのさた

故中山中納言顕時卿《なかやまのちゅうなごんあきときのきょう》の長男に前左少弁行隆《さきのさしょうべんゆきたか》という方があった。世情の人事には全く見放されたような存在で、この十年余りは官職を停められていたが、突然西八条（入道相国の居所）へ呼び出された。また、何かの罪に落されるのか、と身内のもの皆が嘆かれたが、案に相違して、もとの左少弁の役に任じられたのだった。

法皇被流　ほうおうながされ

また、同年十一月二十日、院（後白河法皇）の御所法住寺《ほうじゅうじ》殿を前右大臣宗盛卿《むねもりのきょう》の軍勢がとり囲んだ。

「世の中が鎮まるまで、鳥羽殿へお移し申せという、父、入道相国の考えなのです」

と言った。しかし供はせず、ただ車にお乗せ申しただけで、供には北面《ほくめん》の下級武士がつき、一人の尼御前《あまごぜん》が同乗された。また、のちに静憲法印がそばに仕えた。

高倉天皇はこのような、激しい人事の変化をお嘆きになり、食べ物ものどを通らぬありさまで、后宮《きさいのみや》（後の建礼門院、徳子）さえも入道相国の心をはかりかねるのだった。

大臣流罪《だいじんるざい》

厳島御幸《いつくしまごこう》

巻第四

厳島御幸《いつくしまごこう》

重い空気のなかで、治承四年の年が明けた。二月二十一日、主上《しゅしょう》、高倉天皇のお歳は二十で元気だし、なんの理由もないのに、皇位を押し下ろされ、まだ三歳の東宮が皇位（安徳天皇）を継がれた。

入道相国は天皇の祖父にあたることになる。祖父と孫との関係とは言え「なんとも早すぎる譲位ではないか」とささやきあわぬ者はなかった。

同年三月上旬、高倉上皇は入道相国の心をやわらげるため、諸社へ御幸《ごこう》なさろうと思いたち、まず厳島《いつくしま》へ御幸しようという計画をたてられたところ、山門の衆徒が怒りはじめた。「御幸の順序なら、わが、山王（比叡山）をこそ一番になさるべきだ、この上は神輿《しんよ》を振り奉って、厳島御幸をとどめまいらせん」というのだったが、入道相国のとりなしでようやく、大衆《だいしゅ》をなだめることができた。

高倉上皇は、厳島への道すがら、鳥羽殿へ法皇をお訪ねになって、親しく歓談された。そのときは側に尼御前がいただけで、他に話を聞いたものは無かったが、来し方、行く末を語って、さぞかし涙をさそうひとときだったことであろう。

上皇は日が高くなってから、おいとまをされ、鳥羽の草津《くさづ》より船に乗られた。宗廟《そうびょう》、八《や》幡《わた》、賀茂の神社をさしおいて、はるばる安芸国《あきのくに》へ御幸なさったことになる。

還御《かんぎょ》

上皇にとって、厳島のご逗留《とうりゅう》は楽しい毎日だった。

帰りの船のなかで歓談されるうち、上皇が「白い衣の内侍《ないし》が、邦綱卿《くにつなのきょう》にいたく心を寄せているけはいだったな」と、からかわれた。邦綱卿がむきになって抗弁しておられるところへ、五条大納言（邦綱）あての親書がとどいた。その手紙はなんとその内侍からのもので、

　しらなみの　衣の袖《そで》を　しぼりつつ　きみゆゑにこそ　たちも舞はれね

（お別れの後は、涙にそでを濡らし、立って舞うこともできなくなりました）

とある。上皇はこの返事は書かねばならぬぞ、と硯《すずり》を下されたので、邦綱卿は、

　思ひやれ　君がおもかげ　たつなみの　寄せくるたびに　ぬるるたもとを

と詠まれた。

この年の四月二十二日新帝の即位式が行われた。

源氏揃《げんじぞろえ》

その頃、後白河院の第二皇子に、以仁王《もちひとおう》という方があり、治承四年には三十歳になっておられた。母君は加賀大納言季成《すえなり》卿の御娘である。三条高倉におられたため高倉宮《たかくらのみや》と呼ばれた。書もよくし、学問もすぐれていたので、然るべき位につかれるところだったが、故建春門院《けんしゅんもんいん》(後白河天皇の后、平滋子《しげこ》)のねたみがあって、むしろ栄達の道を遠ざかって優美な日常をおくっておられた。

その頃、源三位《げんさんみ》入道頼政《にゅうどうよりまさ》が、ある夜密かに、この宮の御所に伺う。

「君は神武天皇から数えて七十八代にあたられます。いまの世をご覧になればわかることですが、平家の横暴に心を痛めぬものはありません、上べは従っているようでも、内々は平家を滅ぼし、法皇のみ心をも安んじたてまつりたいものと、皆が思っているのです」

と、意中を打ち明けた。呼応して立つべき源氏の者共の名は、あまりに多かった。以仁王はしばらく返事をためらわれたが、阿古丸大納言宗通卿《あこまるのだいなごんむねみちのきょう》の孫、(備後前司季通《びんごのぜんじすえみち》の子にあたる)少納言伊長《これなが》が、「天下のことをあきらめてはいけません」と進言した。

そこで、熊野にいる十郎義盛《よしもり》を召して蔵人《くろうど》にされた。義盛は名を行家《ゆきいえ》と改め、令旨《りょうじ》をもって東国へむかった。

源氏の一族が結集するのを察知した熊野別当湛増《くまののべっとうたんぞう》は、日頃の平家の御恩に報いようと考え、手始めに新宮にいる源氏の軍兵を攻めて手柄を誇示しようとしたが叶わず、散々に打たれて本宮のあたりをさして逃げた。

競《きおう》

源頼政の嫡子仲綱《なかつな》は〝木の下〟という、宮中にまできこえた名馬を持っていた。これを知った平家の次男宗盛は、是非にもこの名馬をみせよ、譲ってくれと日夜の催促をした。仲綱は言を左右にして断っていたが、頼政に諭《さと》されて献上した。

しびれを切らしていた宗盛は、〝木の下〟に「仲綱」という焼印を押して馬をいじめた。平家打倒を期す源氏の兵士は、高倉宮《たかくらのみや》(以仁王《もちひとおう》)をいただいて三井寺に集結した。

このときわざと都へ残り、宗盛に接近して馬をもらった源三滝口競《げんぞうたきぐちのきおう》という強者《つわもの》があった。かれはやや遅れて三井寺へ馳せ参じ、その馬に「平宗盛」という焼印をおして追い返した。それはまぎれもない、果たし状であった。

競《きおう》

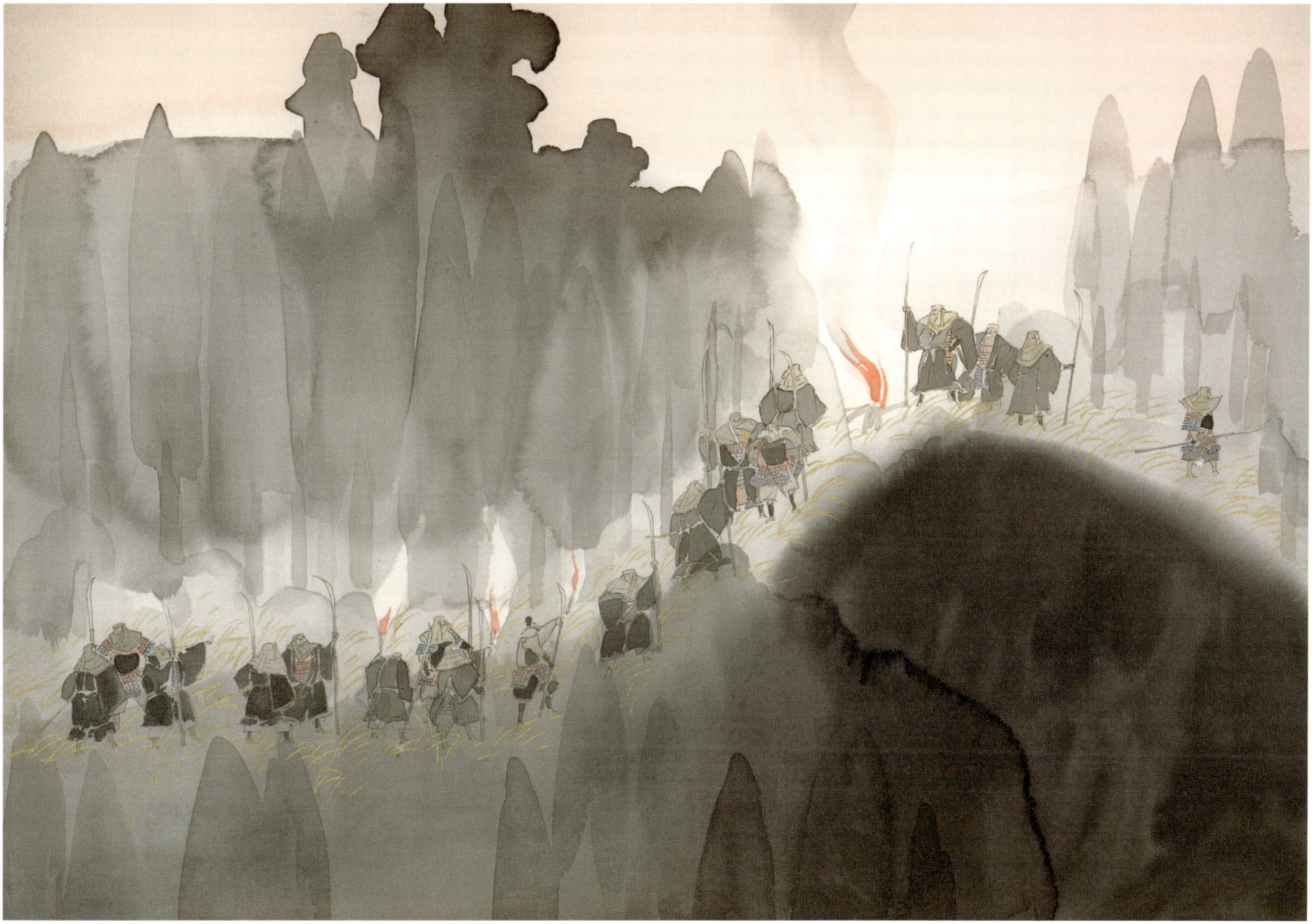

大衆揃
だいしゅぞろえ

大衆揃《だいしゅぞろえ》

三井寺では大衆《だいしゅ》が動きを見せた。

「いま清盛入道の横暴を戒めなければ二度とその機会はない、仏法に照らして蜂起すべきだ。比叡山も天台宗の法を学ぶところ、奈良の興福寺も同じ目的に立ち上がるはずだ」と言うのである。

ひそかに、この二つの寺へ牒状《ちょうじょう》が出された。興福寺の返書は、当時の平家の成り上がりを批判した強い連帯の意識が感じられるものだったが、山門（比叡山）は動向を察した平家の手がまわったため、心がわりをしたかと見えた。

三井寺では、足並みが揃わぬと戦えぬ、どうしたものかと、永い詮議《せんぎ》をした。そこへ乗《じょう》円房《えんぼうの》阿闍梨《あじゃり》慶秀《けいしゅう》という老僧がすすみでて、「慶秀が門徒は、今夜六波羅に押し寄せて討ち死に」するつもりだ、などと言いはじめた。

しかし出発の準備が整ったころには白々と夜があけはじめたではないか。

「これは味方の顔をした乗円房の、引き延ばしの策にはまったのだ」と、僧兵たちは乗円房たちを責めた。大衆蜂起の作戦は失敗し、高倉宮は南都へ退かれた。

橋合戦　はしがっせん

高倉宮は三井寺をあとにして、宇治の平等院《びょうどういん》へ入られた。

勢いにのった平家の軍は「すはや宮こそ南都へおちさせ給ふなれ。おッかけてうち奉れ」と勇みたち、天下はにわかにそうぞうしくなった。

平家方は大将軍、左兵衛督《さひょうえのかみ》知盛《とももり》をはじめ優れた軍勢二万八千余騎が、平等院の前にかかる宇治橋のたもとへおしよせた。

源氏は橋の板を外して罠にしたため、渡りかけた先陣が「橋をひいたぞ、あやまちすな、橋をひいたぞ、あやまちすな」と叫んだが、後陣には聞こえず、兵は後からあとからと押し寄せたため、先陣の二百余騎は押し落されて水に沈んだ。

両軍の戦いは、危険な橋の上の白兵戦《はくへいせん》となる。

戦闘は源氏方に有利かとみえたとき、平家の侍大将上総守忠清《かずさのかみただきよ》は、五月雨《さみだれ》のため水かさの増している川で、これ以上戦うのはむりだとみて、転戦を進言するが、このとき足利又太郎忠綱《ただつな》が、三百騎を率いて敵前渡河を決行し、これに勢いを得た平家の軍勢は大挙、河を渡って平等院へ攻め入った。

源氏方は大きく負け、頼みとする強者も次々と討ち死にした。

一方、奈良興福寺の僧兵は七千余人ばかり、みな武装して、宮のお迎えに上り、その先陣は木津のあたりまで来ていたのに、高倉宮が光明山のあたりでお討たれになったという知らせを聞いた。

みな絶望して、前進をあきらめた。

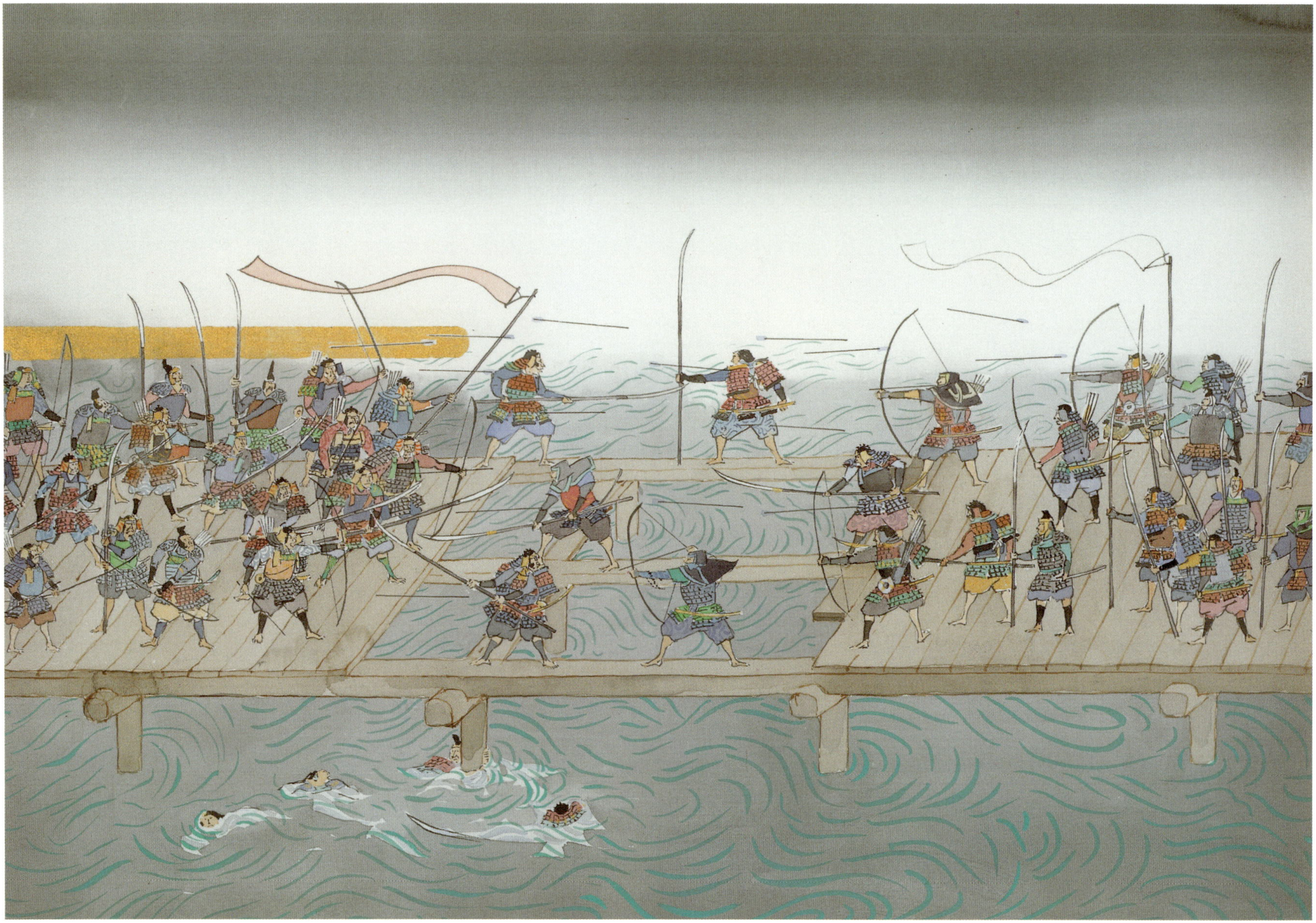

橋合戦
はしがっせん

三井寺炎上《みいでらえんしょう》

三井寺炎上《みいでらえんしょう》

平家方は、高倉宮、源三位入道頼政の一族、三井寺の衆徒など、およそ五百余人の首をあげ、太刀《たち》、長刀《なぎなた》の先に高くさして六波羅へ凱旋《がいせん》した。

入道相国はそれでもまだおさまらず、宮の子の若君を探して捕らえよ、と命じた。若君と言えば、御寵愛の女人から生まれた御子が幾人もおられたが、中納言頼盛卿は、名乗りでた一人の若君をようやく捕らえ、六波羅へ連れて行った。若君といってもまだ、七、八歳のこどもである。

これを見兼ねた前右大臣宗盛卿が「理を曲げて、この若君の命を宗盛に預けていただきたい」と願い出て、その若君を出家させた。この若宮は長らえての後、安井の宮の僧正道《どう》尊《そん》となられた。

三井寺と興福寺は源氏方の根拠地になっていた。高倉宮を迎えて反旗をひるがえすのは、朝敵のしるしだ、ときめつけ、頭中将重衡《とうのちゅうじょうしげひら》を総大将に、薩摩守忠度《さつまのかみただのり》を副将軍にして、三井寺へ大軍を向けた。寺といっても構えは城である。容易には落ちず、戦闘は一日中つづき、よく守った三井寺側もかなりの被害を出していた。

夜になって、平家の軍は寺に攻め入って火を放った。三井寺は炎上し、経文、仏像などの秘宝、寺院の建物の他、大津の町の家々までも灰燼《かいじん》に帰した。

巻第五

都遷《みやこうつり》

治承四年六月二日のこと、福原へ帝《みかど》（安徳天皇）が行幸なさるという。

遷都の噂はあったが、突然それが行われるのはどうしたことだと、都中おおさわぎになった。帝といってもまだ三歳である。自《みずか》らどこかへ移りたいなどと思い立たれるはずはない。すべては清盛の一存である。

さる安元のころ、天台座主《ざす》明雲を流してよりこのかた、天皇をとりまく高官、高僧を思いのままに流し、あるいは殺害し、自分の婿を関白にしたかと思うと、高倉宮を討ったあとは、一時都へお迎えした法皇を、こんどは福原の牢にも似た御所へお移したてまつり、高倉宮の若君まで出家させ、このたびはまた、きままな遷都とは、平家の悪行もここに極まったと、人々はうわさをした。

旧都は荒れはじめ、新都の建築は思うにまかせなかった。このままでは財政は逼迫《ひっぱく》し民に負担をかけるばかりである。旧都の内裏《だいり》の柱に落書がでた。

ももとせを　四かへりまでに　過ぎきにし　愛宕《おたぎ》のさとの　あれやはてなん

四かへり＝百年を四回、つまり四百年　愛宕のさと＝京都のこと

咲きいづる　花の都を　ふりすてて　風ふく原の　すゑぞあやふき

都遷《みやこうつり》

月見《つきみ》

月見　つきみ

治承四年六月九日、新都の起工式、八月十日上棟、十一月十三日、遷幸ときまる。

思いもかけぬできごとが続くうち、早くも夏はすぎ秋も半ばとなった。

都の人々が、福原の在に月の名所を探しまわっていたころ、旧都の月を懐かしく思った徳大寺の左大将実定卿《さだいしょうじっていのきょう》は八月十日、福原より旧都へ向かわれた。そこは、何もかも変り果てていた。まれに残った家の庭は蓬《よもぎ》の森、浅茅《あさじ》の原、鳥のふしどとなり、虫の声さえも恨みのたねとなるのだった。

故郷の名残りの、近衛河原の大宮（実定の妹、藤原多子《たし》。美人で聞こえた一つ年下の妹の住い）もさびれていた。実定はこの門をたたく。

多子は、

「ちょうど、夜を通して琵琶を弾き、明け方になると撥《ばち》で、沈む月を招きかえしたという故事（『源氏物語』宇治の巻）にならってみようとしていたところですが、そこへ兄君が帰って来られたとは、夢のようです」

と言った。

この家に、待宵《まつよい》の小侍従《こじじゅう》という女房があった。以前、

　待つ宵《よひ》の　ふけゆく鐘の　声きけば　かへるあしたの　鳥はものかは

という、歌を作ったのをめでて、待宵という名があるという。

この人を相手に今昔の話をし、歌をよむなどなさったが、名残惜しい別れの時がくる。

福原へ帰ったあと、お供に控えていた蔵人《くろうど》に、もういちどあの家に行き、なんとでもいいから挨拶をしてこい、と命じられた。

蔵人は、

　物かはと　君がいひけん　鳥のねの　けさしもなどか　かなしかるらん

と、詠んだ。

待宵の小侍従は、

　またばこそ　ふけゆく鐘も　物ならめ　あかぬわかれの　鳥の音《ね》ぞ憂き

と詠まれた。

これを聞いた実定卿は「大いに感ぜられけり」という。

殺伐たる物語が続くなかに挟まれた「月見」は、こころの休まる章となった。

早馬　はやうま

治承四年九月二日、相模国《さがみのくに》の住人大庭《おおば》三郎景親《かげちか》が福原へ早馬を遣《つか》わして、

「さる八月十七日、伊豆国《いずのくに》の流人《るにん》、右兵衛佐頼朝《うひょうえのすけよりとも》がしゅうとにあたる北条四郎時政《ほうじょうのしろうときまさ》（頼朝の妻、政子は時政の娘）をつかわし、山木《やまき》の館に夜襲をかけて、伊豆国の目代和泉判官《もくだいいずみのほうがん》兼高《かねたか》を討ったこと。景親の軍は平家に味方するものと一つになり、一千余騎をもって源氏の軍勢と戦ったこと。畠山一族は平家方となり、三浦大介義明《みうらのおおすけよしあき》は源氏方として戦ったこと」

などについて報告した。

都を遷《うつ》したばかりの平家にとって、安からぬ知らせだったが、大事にはなるまい、というものもあれば、いやいや天下の重大事になるおそれがある、とささやくものもあった。

入道相国は激怒し、

「頼朝めは死罪にすべきだったのを、流罪にしたのがまちがいだった」と言った。

遷都のけだるさに飽いていた平家の若武者たちは、すぐに追っ手をかけようといきりたち、平安の夢は、ついに破れた。

文覚荒行　もんがくのあらぎょう

右兵衛佐頼朝《うひょうえのすけよりとも》が伊豆国へ流されているのは、去る平治元年十二月、父の左馬頭義朝《さまのかみよしとも》の謀反《むほん》（平治の乱）の罪のためである。そのころ十四歳だった子の頼朝は、伊豆の蛭島《ひるがしま》へ送られ、以来二十余年の月日をそこで過ごしているのだった。

何事もなければ、伊豆の生活もそれでよかったのに、この度の謀反は、文覚《もんがく》の示唆によるものだという噂である。

文覚とは、もと遠藤武者盛遠《えんどうむしゃもりとお》という名で、上西門院《じょうさいもんいん》というところに勤める武者の一人だった。

ある日「修行」というもののあることを聞き、修験道《しゅげんどう》を極めようと、那智の滝に打たれる荒行《あらぎょう》を企てた。厳寒の滝に入るという命がけの修行だったが、驚いたことに生死の境を経て「修行」を果たした。

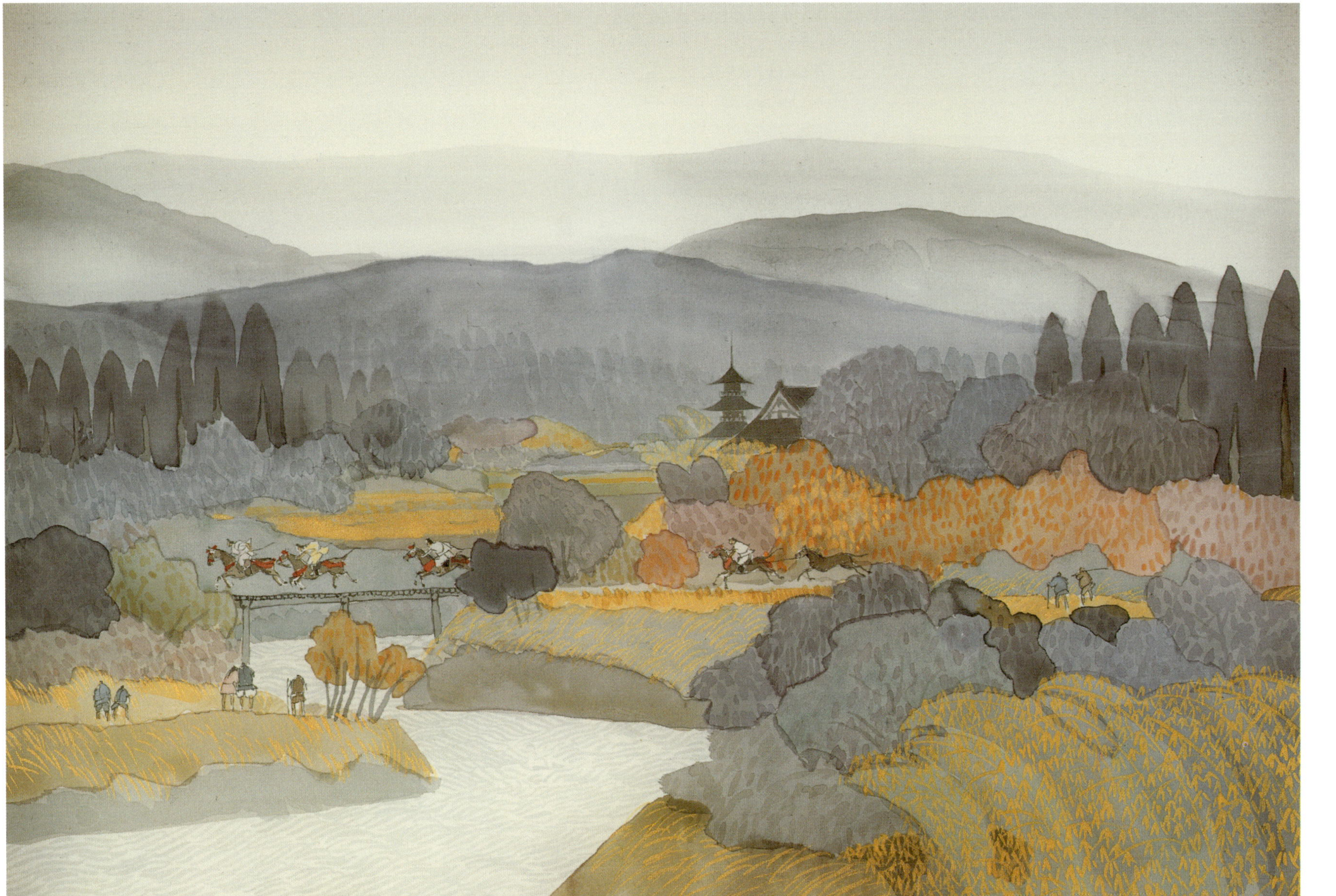

早馬
はやうま

文覚被流《もんがくながされ》

勧進帳　かんじんちょう

その後文覚は、荒れ果てて住職さえいない高雄《たかお》の神護寺《じんごじ》という山寺を修造しようと一念発起し、勧進帳を持って諸国を歩いていたが、あるとき後白河院の御所の中にも平気で入って勧進帳を読みあげた。制止しようとした資行判官《すけゆきほうがん》は軽く突き倒され、烏帽子《えぼし》も落すほどだったから、その狼藉者《ろうぜきもの》文覚をとり押えようと、安藤武者右宗《あんどうむしゃみぎむね》が太刀を抜いてかけつけ、大勢がかかってようやくとり押え、獄に入れた。

文覚被流　もんがくながされ

後に大赦があって釈放されたが、それでもなお、世の乱れを予見する説法をしてまわるので、ついに海路をへて、頼朝のいる伊豆へ流されることになる。

途中、海が荒れて難破しそうになった。文覚は、船のへさきに立ち「竜王やある」と海神を呼び出して叱りつけた。そのためかどうか、ほどなく波風がしずまって、無事伊豆へつき、近藤四郎国高《こんどうしろうくにたか》に預けられ、奈古屋《なごや》というところの奥に住んだ。

福原院宣《ふくはらいんぜん》

その後、文覚は兵衛佐頼朝《ひょうえのすけよりとも》の所へ度々通うようになるが、ある日「謀反《むほん》を起して日本国を従えたまえ」と進言する。頼朝はそれは思いもよらぬこと、とあまり本気にはしなかったが、白い包の中から頭骨をとりだし「これはあなたの父上、故左《さ》馬頭殿《まのかみどの》のこうべだ」と言い、「左馬頭殿へ奉公したこともある」という文覚の言葉には説得力があった。

頼朝は「そもそも自分の勅勘《ちょっかん》(勅命による勘当)が赦《ゆる》されなければ、謀反などできはしない」と言い、文覚は「そんなことはわけもない、わたし自身の勅勘を願うのならともかく、あなたのことをお願いするのにためらうことがあろうか、お許しを戴《いただ》いて帰るまで七、八日もかかるまい」と言った。

文覚は早速隠密《おんみつ》の旅に出、しばらくして、治承四年七月十四日、の日付になる院宣《いんぜん》を持って帰った。

富士川《ふじがわ》

頼朝の挙兵を察知した平家方は、先手を打つべく、小松権亮少将維盛《こまつごんのすけしょうしょうこれもり》を大将軍に、薩《さつ》摩守忠度《まのかみただのり》を副将軍にして、三万余騎の軍勢が福原の都を出発したのは、九月十八日だった。

あるいは野宿をし、あるときは苔の上に寝て東を目指し、進むにつれて味方となる兵も次第に増え、十月十六日には清見が関（今の清水市）に着いた。

頼朝の軍勢は駿河国《するがのくに》黄瀬川《きせがわ》まで来た。

平家の先陣、上総守忠清《かずさのかみただきよ》が源氏方の密使らしき男を捕らえ、源氏の勢力を詰問したところ、

「野も山も海も河も武者で候《そうろう》、大きい数については表しようを知らないが、昨日黄瀬川で聞いたところでは、二十万騎だという。東国の武者は命を知らず、馬に乗れば落ちることを知らず、戦いのはかりごとにたけたものばかりで候」と言った。

平家方は戦意を失うほどに驚いた。

そのうち、十月二十三日となり、明日は決戦の日と決めていたのだが、その前夜、平家側から、源氏の陣営を窺えば、戦場を避けて逃げた農民の煮炊きする火が、陣屋のかがり火に見えた。

また、その夜の半ばころ、何に驚いたのかにわかに飛びたった水鳥の群の羽音を、大風か雷のように聞きあやまり、すわ夜襲かと驚き慌て、平家は算を乱して敗走した。

翌二十四日、源氏の大軍は富士川の岸に押し寄せ、戦わずして勝鬨《かちどき》をあげた。

富士川《ふじがわ》

奈良炎上《ならえんしょう》

奈良炎上《ならえんしょう》

この度の遷都について、入道相国《にゅうどうしょうこく》の腹の中は「旧都は奈良や比叡山が近いため、なにかといえば僧兵どもが神輿《みこし》をかつぎだして強訴《ごうそ》に及ぶ、福原なら遠いからそんなこともあるまい」というつもりだったらしい。

目算《もくさん》は違った。新都は海が近く潮風が新院の体によくない。朝廷や臣下だけでなく、問題の比叡山から奈良の諸寺諸社にいたるまで、遷都の評判はよくなかった。

その上、富士川の負け戦は入道の自信を揺るがせた。短慮という他ないが、治承四年十二月二日のこと「さらば、都がえりあるべし」という一言で旧都へ移ることになり、京中はまたしてもひしめきあう騒ぎとなった。

その騒ぎの中、十二月二十三日、近江源氏が反乱を起したので、大将軍には、左兵衛督《さひょうえのかみ》知盛《とももり》、薩摩守忠度《さつまのかみただのり》の軍勢二万騎が出発してこれを攻めた。

さきの三井寺炎上のころより、奈良の大衆《だいしゅ》は平家に反逆してたびたび蜂起し、清盛に見立てた球をふんだりけったりして気勢をあげている。これを鎮めようと、有官《うかん》の別当忠成《べっとうただなり》を使わしたところ、「乗物から引き摺《ず》り下ろしてもとどりを切ってしまうぞ」と脅かされ、ほうほうのていで逃げ帰った。

激怒した入道は、大将軍に頭中将重衡《とうのちゅうじょうしげひら》を、副将軍には中宮亮通盛《ちゅうぐうのすけみちもり》を命じて、軍兵を南都へむけた。

反乱軍は奈良坂、般若寺《はんにゃじ》などの城郭を拠点にしてよく戦ったが、馬で駆ける平家の敵ではなかった。凄惨《せいさん》な戦いとなり大衆にはおびただしい死者がでた。夜に入って、重衡は「火をいだせ」といった。明りを持て、というほどの意味だったらしいが、兵のなかには、寺に火をかけるものがあった。おりからの風にあおられ興福寺、東大寺のほか、奈良の都はすべて灰燼《かいじん》に帰した。

治承四年十二月二十九日、頭中将重衡たちが凱旋《がいせん》して、ようやく動乱の年もくれた。

新院崩御《しんいんほうぎょ》

治承も五年とあらたまった。

奈良の炎上のため、朝廷における小朝拝《こちょうはい》（正月の儀式）は行われなかった。

正月五日、奈良の僧たちの殆どは解任され、公の法会《ほうえ》に出る資格も停止された。衆徒の多くは炎にむせんで亡び、生き残ったものも殆ど殺された。このような結果となった南都炎上は、後の日まで大きな禍根《かこん》を残すこととなる。

正月十四日、六波羅の池大納言頼盛《いけのだいなごんよりもり》の屋敷で、高倉上皇（後白河法皇の子、安徳天皇の父）がついにおかくれになった。享年二十一、ご治世は十二年、天下の乱れを憂い、心の休まることのない一生であった。

紅葉《こうよう》

高倉上皇はとりわけ優しいお方という評判が高かった。こどものころから小山をつかせ櫨《はぜ》や楓《かえで》を植えさせて遊ぶほどに紅葉がお好きだったが、去る承安の頃、天皇に即位された当初、まだ十歳の或日、下役人が山の掃除をしようとして大切な紅葉の葉を集めて燃してしまったが、おとがめはなかったという逸話がある。

また、十五、六歳になられた頃の或夜のこと、女の子の泣く声を聞かれた。しらべてみれば御装束《ごしょうぞく》を届ける道すがら、夜盗に襲われて御衣《おんぞ》をとられたのだという。天皇は似たような装束を持たせ、家来をつけて送らせせられたという話も残っている。

紅葉《こうよう》

小督《こごう》

葵前《あおいのまえ》

また、中宮（皇后の御所）に仕えておられる女房の召使に葵前《あおいのまえ》という美しい少女があった。主上《しゅしょう》はいたくお気にいりで、特に目をかけられたが、「やがては后とも仰がれることだろう」という噂となり、葵女御《にょうご》と呼ぶものがあるほどになった。主上はこのことを知って、厳格に身を謹み、以来お召しになることはなかったが、さすがに心が乱れる風だった。これを知った関白松殿（藤原）基房は、「もし身分の相違が悩みの種なら、葵前をわたしの養子にしましょう」と申しでるが、「いや、位を退かぬうちはそういうわけにはいかぬ」といわれた。そして古い歌を思いだされて手習いし、それを葵前に贈った。

しのぶれど　いろに出にけり　わがこひは　ものや思ふと　人のとふまで　（平兼盛）

葵前は顔を赤らめるほどだったが、その後、気分が悪いからと言って家にかえり、五、六日病床に臥《ふ》し、思いのほか早く亡くなった。

小督《こごう》

ふさぎこんでおられる主上を、おなぐさめしようと、中宮（建礼門院）のおはからいで、宮中一の美人、琴の名手という噂の小督《こごう》（この女房は桜町の中納言成範《ちゅうなごんしげのり》の娘）を伺わせた。

そもそも小督は冷泉大納言隆房卿《れいぜいのだいなごんたかふさのきょう》（その妻は清盛の四女）が少将だったころ見そめて、ようやく恋仲になっていた人だったから、隆房卿は恋人をさらわれたような気になり、悲しみの毎日を送っていたが、ついに悲しみをおして参内《さんだい》し、恋歌を贈ってみたりする。しかし小督は自分の立場を考えて、返歌を贈ることはなかった。

清盛から見れば中宮は娘であり、冷泉少将は婿にあたる。ここは小督をなきものにしてまるく収めようと手荒なことを考える。

これを察知した小督は姿をかくした。

主上は手をつくして小督の行方を捜し出し、宮中ひそかに住まわせることに成功する。そして、姫宮を一人もうけられた。

このことを知った清盛は怒り、小督を尼にして追放してしまった。

上皇が御病にかかられ、ついにお亡くなりになったのは、このような悲しいできごとが重なったからであった。

廻文　めぐらしぶみ

高倉上皇が亡くなられた頃、信濃国の源氏の者、木曽冠者義仲《きそのかんじゃよしなか》の消息が噂になった。故六条判官為義《ろくじょうのほうがんためよし》の次男、義賢《よしかた》の子、義仲のことである。

久寿二年八月十六日のこと義賢が、鎌倉で悪源太義平《あくげんだよしひら》に討たれたため、そのとき二歳だった義仲は母につれられて信濃の木曽中三兼遠《ちゅうぞうかねとお》のもとへ身をよせていたが、立派な若者に成長し十三歳で元服したというのである。

義仲も頼朝にならって平家打倒の旗をあげようと、回状を回して味方を募った。義賢のよしみもあり、やがて「なびかぬ草木もなかりけり」という勢いとなった。

また、九州には、緒方三郎《おがたのさぶろう》、臼杵二郎《うすきのじろう》、戸次《へつぎ》の住人、松浦《まつら》党など、四国には河野四郎《かわののしろう》などが、平家に反旗をひるがえして立つという知らせがあった。

廻文《めぐらしぶみ》

入道死去《にゅうどうしきょ》

入道死去《にゅうどうしきょ》

義仲が兵を挙げるや、四国の兵《つわもの》はみな、平氏にそむいて河野四郎《かわののしろう》についた。熊野別当湛増《くまののべっとうたんぞう》など平家に恩義のある者までが源氏の勢いに同調し、反乱軍はたちまち各地を席捲《せっけん》した。

治承五年二月、前右大将宗盛《むねもり》卿は反乱軍追討のため東国へ出発しようとしていたが、急遽《きゅうきょ》とりやめとなった。入道清盛が病にたおれたという知らせが入ったのである。この噂はたちまちひろがり、心のなかで「しめた」と思った人が何人もいた。

病は熱病だった。水ものどをとおらず、四、五間《けん》ばかりも近寄れば、もうその熱さが伝わってくるほどだった。また、清水を入れた桶に入れれば、水は湯となり、筧《かけい》の水をひいてかければ、焼け石に水があたるように水がほとばしるほどだったという。

霊験あらたかな仏院、方々の神社にたくさんの金銀その他を献納《けんのう》して病気平癒《へいゆ》を祈られたが、病はますます重く、「頼朝の首を見ぬことがこころ残りだ、頼朝の首をはねてわが墓の前に供えよ」と言い残して、日本中に権勢を誇ったさしもの清盛もついに「身はひとときの煙と」なる。

ときに六十四歳、閏《うるう》二月四日のことであった。

その年の正月には上皇が亡くなられたばかりである。

その後も不吉なことばかりがつづき、平家凋落《ちょうらく》の兆しは次第にはっきりしたものになってくる。

祇園女御《ぎおんにょうご》

真偽の程はわからないが、清盛は忠盛の子ではなく、本当は白河院の皇子なのだ、という説がある。

去る永久の頃、祇園女御《ぎおんにょうご》という御寵愛の人が東山の麓、祇園のあたりに住んでおられた。ある五月の暗い夜のこと、その日も白河院は、幾人かのお供をつれて祇園の御堂の近くを通っておられたところ、御堂のかげになにやら怪しく光る怪物が見えた。「おそろしい、まことの鬼かもしれぬ」と、そのころは北面の武士だった忠盛に、鬼を射殺せと命じられた。忠盛が近寄って見れば、鬼ではなく御堂の僧で、灯明《とうみょう》をつけてまわるために歩いていたのだが、雨の中を歩くため、笠にした麦藁《むぎわら》に明りがあたって輝くとき、銀の針のような光りが見えたのだった。

いわば忠盛は人を一人殺さずにすんだのである。この武士の心得に感じられた白河院は、祇園女御を忠盛に下された。

しかし、院の御子を御懐妊中だったので、「もし、女子だったら、朕《ちん》が子に、男子だったら、忠盛の子にして弓矢とる身にせよ」と言われた、というのである。

そして、男子が生まれ、清盛と名乗られたが、あれは、高貴な血筋の方だと噂され、鳥羽院（後白河院の父）さえも「清盛は人におとらぬ花族《かしょく》の生まれだ」と言われたという。

嗄声《しわがれごえ》

越後国《えちごのくに》に城《じょうの》太郎助長《たろうすけなが》という者があった。

助長はいまこそ木曽義仲を討って、越後守に任ぜられたときの朝恩に報いようと決意し、総勢三万余騎の軍勢を率いて出陣したところ、にわかに嵐となり、激しい雷雨にみまわれたかと思うと、天より嗄《しわが》れた声で「南閻浮提金銅《なんえんぶだいこんどう》十六丈の盧遮那仏《るしゃなぶつ》、焼きほろぼし奉る平家の方人《かたうど》する者ここにあり。召しとれや」と叫ぶ声が三度聞こえたかと思うと、黒雲が助長をつつんだ。助長は落馬し、まもなく命をおとした。

これも平家にとって、ひとつの凶兆《きょうちょう》であった。

この年、七月十四日、年号が改まって、養和《ようわ》となった。

また、大赦が行われて、治承《じしょう》三年に流罪になった人達、松殿入道殿下（藤原基房）が、備前国から、太政大臣妙音院《だじょうだいじんみょうおんいん》（藤原師長《もろなが》）が、尾張国から、按察大納言資賢卿《あぜちのだいなごんすけかたのきょう》が、信濃国から、それぞれ都へ帰られた。

嗄声《しわがれごえ》

横田河原合戦《よこたがわらのかっせん》

横田河原合戦《よこたがわらのかっせん》

平家にとって不吉なできごとが続く中で、養和《ようわ》元年十二月二十四日、中宮は院号をうけて建礼門院《けんれいもんいん》となられた。主上《しゅしょう》、つまり安徳天皇がまだ幼くていられるのに、このようなことは前例のないことである。

翌年五月二十四日、また元号が改まって寿永《じゅえい》となった。

この年、越後国住人、城《じょうの》四郎助茂《しろうすけもち》が越後守に任ぜられ、名を長茂《ながもち》と改めた。長茂はまたしても木曽追討の軍を率いて信濃へ向い、横田河原に陣をかまえた。

信濃源氏、井上《いのうえの》九郎光盛《くろうみつもり》は大軍が控えているように見せかける謀《はかりごと》を演じ、長茂の軍勢を横田河原において殲滅《せんめつ》した。

しかし都では、このような敗戦は意に介さず、前右大将宗盛は大納言に復職し、十月三日には内大臣になられたので、七日には任官のお礼のため、公卿十二人、殿上人十六人がきらびやかな衣装で宮中へ伺った。東国北国の源氏が明日にも都へ攻めのぼろうとしているというのに、諫《いさ》める言葉もないありさまであった。

そして、寿永二年の年が明ける。

巻第七

清水冠者　しみずのかんじゃ

寿永二年三月のこと、兵衛佐《ひょうえのすけ》頼朝と、木曽冠者《きそのかんじゃ》義仲とが、仲たがいすることが起き、兵衛佐は十万余騎の木曽追討軍を信濃国へ向けた。依田《よだ》城にいた義仲は急いで熊坂山に布陣し、今井四郎兼平《かねひら》を使者として兵衛佐のもとへ出し、

「わたしは東山、北陸両道を平定し、平家を討とうとしている。志も同じ源氏なのに、どうしてわたしに兵をむけられるのか」

と言ったが「義仲の挙兵は頼朝を討とうとする下心があるからだ」というものがあると言って、どうしても信用しない。

そこで義仲は嫡子である清水冠者義重《しみずのかんじゃよししげ》（当時十一歳）のほか名のある強者《つわもの》をつけ、いわば人質として兵衛佐の配下として差しだし、ようやく兵衛佐の疑念を解いた。

北国下向　ほっこくげこう

木曽の動きを察知した平家の軍は、馬に若草を食わせる四月頃が戦機だとみて、山陰、山陽など、各地より兵力を結集した。まず義仲を討ち、その足で兵衛佐を討とう、という戦略である。

竹生島詣　ちくぶしまもうで

寿永二年四月十七日のこと、小松三位中将維盛《これもり》を大将軍にし、名だたる名将をふくむ十万余騎の大軍が都を後にし、北陸道へむけて出発した。

副将軍経正《つねまさ》、忠度《ただのり》、知度《とものり》、清房《きよふさ》などはまだ近江の塩津あたりにいた。

経正は、沖に見える島が「有名な竹生島《ちくぶしま》」と知り、侍五、六人を従え小舟に乗って島に渡った。はたせるかな島には、鶯《うぐいす》や郭公《かっこう》の声があり、松には藤の蔓がまきつくなどして、この世のこととも思えぬ風情《ふぜい》があるではないか。

経正は竹生島明神に所願成就《しょがんじょうじゅ》をねがい、おりからのぼってくる月の光の下で琵琶を奏でた。戦いを目前にひかえているのに、そこにはふしぎな安らぎがあった。

竹生島詣《ちくぶしまもうで》

倶梨迦羅落《くりからおとし》

火打合戦《ひうちがっせん》

義仲は越前国の火打が城（いまの福井県南条郡今庄町）に陣を張った。そこは自然の地勢を利して、水に浮かんだように見せる堅固な城であった。

平家側は打つ手に困っていたが、城内にいた、平泉寺《へいせんじ》の斎明威儀師《さいめいいぎし》は、平家にこころを通わすところがあったので、

「城を囲む濠《ほり》かと見えるものは、川を堰《せき》とめたものだから、しがらみを切り落せば水はなくなり、馬なら簡単に通れるようになる。そのときは援護の矢を射る。

平泉寺の斎明威儀師」

と書いた密書を平家側に宛てて出した。

平家の軍勢は一挙に攻めいり、さらに加賀国《かがのくに》に進撃して林、富樫《とがし》の城を焼き払った。

寿永二年五月八日平家方は、名将それぞれに兵をつけて、総数十万余騎。加賀国篠原一帯に大手《おおて》、搦《からめ》手《て》に分けて布陣した。

義仲はこの事態を知って、越後の国府《こう》から五万余騎をもって馳せ向かい、わが軍の吉例だからと軍勢を七手に分けて陣をしいた。

倶梨迦羅落《くりからおとし》

寿永二年五月十一日、源平の大軍は倶梨迦羅谷《くりからだに》に対峙《たいじ》した。

互いに軍勢の数を疑い、平地での遭遇戦をさけるため、平家は谷を囲む四方巌石《しほうがんせき》の壁を天然の要害に見立てて陣どった。

朝から正面作戦で、同数の兵をくりだしては様子を見ているうちに、次第に暗くなってきた。よもや搦《からめ》手《て》に回ることはあるまいと、たかをくくっていた平家の軍勢は、突如搦手から聞こえてきた木曽方の鬨《とき》の声や、雲のような白旗の波に、戦意を失い、人馬もろとも倶梨迦羅谷へ追い落され、谷は七万余騎の兵馬で埋まったという。

篠原合戦《しのはらがっせん》

寿永二年五月二十一日、平家は戦列をたてなおして加賀国篠原に陣を構え、木曽軍はこの陣に殺到した。平家にも畠山重能《しげよし》ほか名のある武者が数々あったが、惜しくもこの戦闘で次々と討ち死にした。

平家方の、高橋判官《ほうがん》長綱《ながつな》の兵は寄せ集めだったせいもあって、我先に逃げた。長綱が一

騎となって落ちて行くのを、越中国の若者入善小太郎《にゅうぜんのこたろう》行重《ゆきしげ》が見つけて追い付いたが、むしろ組みふせられてしまった。長綱は、行重の名乗るのを聞き「亡くした我が子も同じ年」とあわれを覚え、命は助けよう、と思っているところへ、行重の郎等《ろうとう》が三人ばかり来てあえなく討たれた。

実盛《さねもり》

また、敗走する軍勢のなかに、死を決したらしく、一人だけ残って奮戦する武者があった。

「赤地の錦の直垂《ひたたれ》に萌黄威《もよぎをどし》の鎧《よろひ》着て、鍬形《くはがた》うッたる甲《かぶと》の緒《を》をしめ、金作《こがねづく》りの太刀をはき、切斑《きりふ》の矢負ひ、滋籐《しげどう》の弓もッて、連銭葦毛《れんぜんあしげ》なる馬に、黄覆輪《き(ン)ぷくりん》の鞍《くら》おいてぞ乗ッたりける」

と聞く見事な騎馬武者である。

これを見とがめた木曽軍のうち、手塚の太郎光盛《みつもり》が名乗りを上げて、この武者においすがる。光盛の家来がかけつけるがたちまち斬られ、ようやく光盛がこの武者を討つ。見れば、錦の直垂を着た六十を越す老武者、髪を黒く染め、若作りして最後の戦いをいどんだ斎藤別当実盛《さねもり》であった。

この実盛の最期には、敵も味方もこころを打たれぬものはなかったという。

木曽山門牒状《きそさんもんちょうじょう》

勢いに乗った義仲は一日も早く都へ向かいたいが、音に聞く比叡山の大衆《だいしゅ》は、その進撃をなんと見るだろうか、南都の大火事件のごとく、平家こそ仏法を無視し、悪行をくりかえしているのに、山門の側が平家の味方だからと言ってこれに戦いを挑むのも無駄なことのように思われる。この際、山門の大衆の意見を聞いてからでも遅くはあるまいと。評議の末、大夫房覚明《だいぶぼうかくめい》が密書をかき、寿永二年六月十日、源義仲、と署名して山門へ送った。

返牒《へんちょう》

山門（比叡山）では、この密書をもとに詮議《せんぎ》した。

議論は源平に分かれたが、そもそも平家は朝廷の外戚であること、平家は特に比叡山に帰依《きえ》しておられることなどを考えれば、平家の味方につくべきだが、この頃の平家の悪行と、武運のなさを思えば、平家との因縁を絶ち、源氏の方へ力を合わせるべきではないか、という結論に達し、寿永二年七月二日、大衆《だいしゅら》等、と署名した返書を届けた。

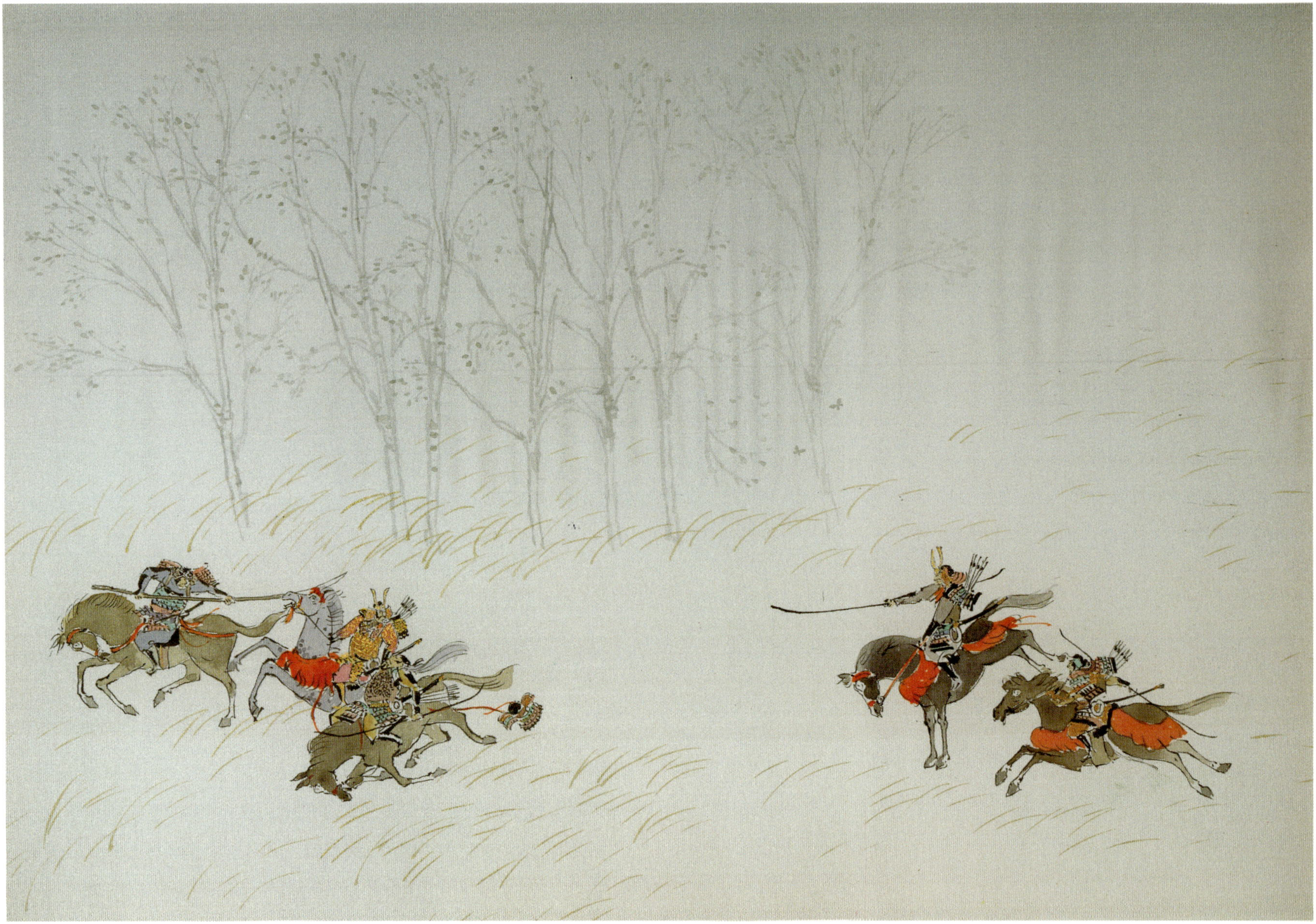

実 盛
さねもり

主上都落《しゅしょうのみやこおち》

平家山門連署　へいけさんもんへのれんじょ

しかし、この密約を知らぬ平家は、「源氏勢との決戦が近い。興福寺、園城寺《おんじょうじ》（三井寺）は味方になってはくれまいが、山門とは長く平家が仇をむすぶことはなかったし、山門もまた平家にそむく気持ちを持ってはいまい、山王大師に祈願して大衆三千の力を貸していただきたい」旨の、公卿十人連名の願書を送った。

その、きらびやかな連名は次の通りである。肩書は略す。

平　通盛《みちもり》（清盛の甥・教盛の子）
平　資盛《すけもり》（〃　孫・重盛の子）
平　維盛《これもり》（〃　〃・〃　）
平　重衡《しげひら》（〃　第五子）
平　清宗《きよむね》（〃　孫・宗盛の子）
平　経盛《つねもり》（清盛の弟）
平　知盛《とももり》（〃　第四子）
平　教盛《のりもり》（〃　弟）
平　頼盛《よりもり》（〃　弟）
平　宗盛《むねもり》（〃　第三子）

寿永二年七月五日

大衆《だいしゅ》はこの書状のことは理解できたが「すでに源氏に返書を送ったあとのこと、軽々しく態度を変えるわけにはいかぬ」と、こころをうごかす衆徒はなかった。

主上都落　しゅしょうのみやこおち

寿永二年七月十四日、肥後守貞能《ひごのかみさだよし》が、鎮西《ちんぜい》（九州）の謀反を平らげて、菊池隆直、原田種直、松浦党以下三千余騎を引き連れて都に迫った。

七月二十二日、夜の六波羅あたりは、すぐにも敵兵が乱入するかのような騒ぎとなった。美濃源氏の佐渡衛門尉重貞《さどのえもんのじょうしげさだ》という、平家に恩を感じている者が六波羅へ注進した。

「木曽すでに北国より五万余騎でせめのぼり、比叡山東坂本にみちみちている。楯の六郎親忠《ちかただ》、書記の大夫房覚明《だいぶぼうかくめい》、など六千余騎が比叡山にのぼり、三千の衆徒と一つになって、ただ今都へ攻め入ろうとしている」と言うのである。

平家方は新中納言知盛を総大将にし、急遽《きゅうきょ》、山階《やましな》、宇治橋、淀路など要所へ散って警護にあたったが、入洛の路は他にもある、この上は一つに固まるほうがよいと考え、慌てて方々へ向けた兵力を呼び戻すしまつだった。

七月二十四日の夜更け、前内大臣宗盛公は、六波羅へ行き、建礼門院に、西国行幸の策を進言した。この上は院（後白河法皇）と帝（安徳天皇）をおつれし、都を落ちて戦うしかないと大いに騒いでいたところ、法皇の行方がわからなくなった。実は同じ夜、法皇は右馬頭資時《うまのかみすけとき》だけを供にし、ひそかに御所を出て鞍馬《くらま》へ向かわれた後だった。

浮き足だった平家は七月二十五日の早朝、ともかく今年六歳になられる主上《しゅしょう》と、建礼門院をお乗せ申し、正式に武装した護衛の兵が供奉《ぐぶ》して七条を西へ、朱雀《すざく》を南へ、先をあらそうようにして都を後にした。

維盛都落《これもりのみやこおち》

小松三位中将維盛も、都を落ちて行かねばならなかった。やむを得ず妻子を捨てて行くのである。その、別れのとき妻は、

「（前略）いづくまでもともなひ奉り、同じ野原の露とも消え、一つ底の水屑《みくづ》ともならんとこそ契《ちぎ》りしに、さればさ夜《よ》の寝覚《ねざめ》のむつごとは皆偽《みないつはり》になりにけり（後略）」

と言う。それだけではない、いざ、馬に乗ろうとしているとき、馳せ寄った二人の子は、とりすがり、

「さればいづちへとて、わたらせ給ふぞ。我も参らん、われもゆかん」

と、若公《わかぎみ》、姫君、女房たちも御簾《みす》の外にまろび出て、人の聞くのもはばからず、声を限りに泣き叫んだ。

平家は、残る家々に火をかけた。

忠度都落《ただのりのみやこおち》

大臣公卿の邸宅、殿上人《てんじょうびと》の家はみな美しく、多くの日数をかけて建てられたものだったのに、一夜のうちに灰となった。

寿永二年七月、都は既に明け渡されたも同然となる。

薩摩守忠度《さつまのかみただのり》も都を後に落ちて行く一人だったが、夜更けに都へとってかえし、歌人藤原《ふじわらの》俊成《しゅんぜい》の門をたたいた。

「勅撰集を編まれる予定と聞いております。この巻物に書き留めた歌に、一首なりとも御《ぎょ》意《い》にかなうものがあれば、遠くへ落ちて行くものの形見となるのですが」

と訴えた。俊成は、

「このような、忘れ形見を戴いた上は、ゆめゆめ粗略には扱いませぬ。それにしても今宵のお越しのことは、涙にくれる思いでございます」

と答えた。後に『千載《せんざい》集』を撰ばれたおり、忠度は天皇からおとがめを受けていたことから「よみびとしらず」として、次の一首がいれられた。

　さざなみや　志賀の都は　あれにしを　むかしながらの　山ざくらかな

忠度都落

ただのりのみやこおち

福原落《ふくはらおち》

経正都落　つねまさのみやこおち

落人《おちうど》の一人、経盛の子、経正は仁和寺《にんなじ》へかけつけた。そこは経正が子供のころ寄寓したことのある思い出の場所である。

経正は、「琵琶の名器〝青山《せいざん》〟を持参しました。もし運がひらけてまた都へ帰ってこられたそのときは、改めて私へ下しおかれますよう」と、申し上げた。

御室《おむろ》の御詠《ぎょえい》

あかずして　わかるる君が　名残《なごり》をば　のちのかたみに　つつみてぞおく

経正のうた

くれ竹の　かけひの水は　かはれども　なほすみあかぬ　みやの中《うち》かな

大納言法印行慶《ほういんぎょうけい》のうた

あはれなり　老木《おいき》若木《わかぎ》も　山ざくら　おくれさきだち　花はのこらじ

仁和寺の御室はもとより、昔の同僚、坊官みな別れを惜しんで袖を濡らさぬものはなかった。

経正は次のような返歌をのこして出発した。

旅ごろも　夜な〳〵袖《そで》を　かたしきて　思へばわれは　とほくゆきなん

福原落　ふくはらおち

平家は大臣殿以下妻子をつれていたが、維盛《これもり》卿は行く末を心もとなく思い、嫡男《ちやくなん》六代をはじめ妻子を都へ残してきた。このように、ほとんどの落人《おちうど》は、家族と最後の別れを交《かわ》すことになる。

平家の一行は、途中で旧都の福原にたちよって一夜を明かす。「一樹《いちじゅ》の陰《かげ》に宿るも、先世《ぜんぜ》の契《ちぎり》あさからず。同じ流《ながれ》をむすぶも多生《たしやう》の縁猶《えんなほ》ふかし」と語り手は言う。

栄華を競った福原の都も三年の間に荒れ果て、京の都は遥かな山の彼方となる。

こうして、寿永二年七月二十五日、福原の内裏に火をかけ、主上をはじめ人々は船上の人となり、平家は都を落ちて行った。

山門御幸　さんもんごこう

天皇は平家の落人とともに西海へ、後白河法皇は比叡山へ、摂政藤原基通は吉野へと戦乱を逃れておられたが、寿永二年七月二十八日、義仲は法皇を奉じ、五万余騎の兵をもって京の御所へ護送した。

行家《ゆきいえ》は宇治橋から、矢田義清は大江山から、摂津、河内両国の源氏も遅れはとらず、大軍が白旗をなびかせて入洛した。

都が完全に源氏の手に落ちるや、ただちに「安徳天皇と、三種の神器を都へおかえし申せ」との院宣《いんぜん》がくだされたが、それは、平家追討の院宣も同然であった。

高倉院（後白河法皇の子、安徳天皇の父）の皇子は主上のほかに、お三方があった。第二皇子（守貞《もりさだ》親王）は平家が皇太子にしようとして西国へおつれ申した。第三皇子の五歳になられるのを、法皇がおまねきになったら、なれぬことなので、嫌がって泣かれた。第四皇子（尊成《たかなり》親王、後の後鳥羽天皇）は四歳だったが、ものおじせずに法皇のひざの上に乗られるので、「わたしのような老法師を見ても、なつかしげに思ってくれるようだが、わがまことの孫は、故高倉院の小さいころにそっくりだ」と言って涙を流された。母君は七《しっ》条修理大夫信隆卿《じょうのしゅりのだいぶのぶたかのきょう》の御娘であった。この四宮がつぎの皇位につかれるだろうと噂された。

西国へ下った平家から、四宮の迎えがきたが、紀伊守範光《きのかみのりみつ》の配慮によって、それを退けられた翌日、法皇からの迎えがきて、四宮は法皇のもとでお暮らしになることになった。

緒環　おだまき

寿永二年八月十日、除目《じもく》（官職を新たにきめること、辞令）が行われた。

木曽義仲は、朝日の将軍、左馬頭《さまのかみ》になり越後国を賜る他、多数が任官した。平家は、三種の神器返還の折衝に尽くした平大納言時忠《ときただ》ら三人を除いて他は、みな官職を解かれた。

九州の味方を頼って落ちていった平家は、筑紫に内裏《だいり》を建てようとし「そう思ってみれば京の都に似たところも無くはない」などと慰めを言ってみるのだった。

まず宇佐八幡宮（いまの大分県宇佐市）へ行幸された。とりあえずそこの大宮司公通《きんみち》の宿所を皇居に、社殿は公卿《くぎょう》、殿上人《てんじょうびと》の居所となり、庭は無数の武装した兵どもの休むところと決めて、七日ばかり参籠《さんろう》されたあと太宰府《だざいふ》へ還幸《かんこう》された。

やがて秋、九月も十日あまりとなり、月は十三夜に満ちてくる。

緒環《おだまき》

太宰府落《だざいふおち》

薩摩守忠度《さつまのかみただのり》の歌

　月を見し　こぞのこよひの　友のみや　都にわれを　思ひいづらむ

このように、落人たちは歌を作るが、悠長に歌を詠んでいる場合ではなかった。

豊後国《ぶんごのくに》の代官、頼経朝臣《あそん》（刑部卿《ぎょうぶきょう》三位藤原頼輔卿の子）のもとへ、京から厳命が届く。

「平家は神々にも法皇にも見放され、落人としてさまよっているのだ。それにもかかわらず九州の者どもが迎え、もてなしていると聞くがけしからぬことだ、結束して追放せよ」というのである。頼経は、この追放を、緒方三郎維義《これよし》に命じた。

維義といえば、ふしぎな話が伝わっている。

昔、豊後国のある山里に女があった。毎夜通ってくる男があり、娘はやがて懐妊した。娘の母がこれをあやしみ、男は誰なのかと聞くと、来るのはわかるが、帰るのがわからないと言う。では、「こっそり男の狩衣に、糸で緒環（糸で作った一種の飾り）をつけて目印にし、その糸をたどって突き止めるがいいと言うことになり、娘はそのようにした。

ところが、その糸は、はるか優婆岳《うばだけ》の麓の岩屋の中に消えていた。娘はその岩屋の奥に声をかけ、覚悟の対面をする。男は人ではなく、大蛇（日向国《ひゅうがのくに》の高知尾明神の神体）だった。やがて男子がうまれ、大太《だいた》と名づけた。大太は大男に育ち七歳で元服するほどだった。

維義はこの大太の五代に当る子孫だというのである。維義は頼経の命令を院宣だといって九州一帯へ廻文を送ったので、各地の武将はみな維義に従った。

太宰府落《だざいふおち》

豊後国の住人、緒方三郎維義はもと小松殿《こまつどの》（故重盛）の御家人《ごけにん》である。太宰府へ向かったのもこの維義を頼ってのことだったが、平家追討の院宣はすでに維義のもとへもとどいていた。

維義は平家の説得を聞く耳を持たず、院宣に服して三万余騎の兵を整えた。

平家にとって筑紫の果ても安住の地ではなく、太宰府も捨てなければならぬ。とりあえずは海へ向かおうと垂水峠をこえれば、おりからの激しい雨に道は川となり、女官の袴《はかま》までも血に染まる逃避行となった。

小松殿の三男、左《ひだり》の中将清経《きよつね》は、なにごとも思いつめる人だったから、「都は源氏に攻め落とされ、鎮西は維義がために追い出される。このままでは長らえることはできない」と、舟の屋形に立ち、横笛をとりだして吹いておられたが、やがてしずかに念仏して入水《じゅすい》なされた。

長門国《ながとのくに》は新中納言知盛《とももり》卿の国であった。国司の代官は、平家の舟が小さいと知って大船百余艘を献上した。その後、讃岐《さぬき》の八島（屋島）へ移り、そこに形ばかりの内裏、御所を造らせられたが、それまでは屋形の船のわび住まいであった。

征夷将軍院宣　せいいしょうぐんのいんぜん

寿永二年十月十四日のこと、前右兵衛佐《さきのうひょうえのすけ》頼朝のもとへ、左史生《さししょう》中原康定《なかはらのやすさだ》という、院の使いが征夷将軍を命ずる院宣《いんぜん》を持参した。

頼朝は、年来天皇のおとがめを受けていたのに、このたびの院宣は身にあまる。私邸でいただくべきではあるまい。所はあの鶴が岡八幡宮で、三浦介義澄《みうらのすけよしずみ》を介していただくことにしよう、ということになった。正装した立会人の並ぶ荘重な儀式のうえ、使者康定より、覧箱《らんばこ》に入れられた院宣が渡された。しばらくして覧箱が康定に返されたとき、箱のなかには砂金が詰められていたという。

頼朝は、

「木曽冠者義仲、十郎蔵人行家が都へ打ち入り、手柄顔に官位を思いのままにし、領国をえり好みした。奥州の秀衡《ひでひら》が陸奥守《むつのかみ》になり、佐竹四郎隆義《さたけのしろうたかよし》が常陸守《ひたちのかみ》となっても、頼朝の命には従わない。このうえは追討の院宣をいただきたいと思う」と言った。

康定は、「いまは使いの身、都へ帰って、（征夷の）名簿を書き直すことにしましょう」と答えた。その後、鎌倉を発つときは、馬十三頭をはじめ、持てないほどの豪華な土産が用意されていた。

猫間　ねこま

木曽の左馬頭《さまのかみ》（義仲）は都の守護がその任だが、あまりに作法を知らず、無骨《ぶこつ》にして、牛車《ぎっしゃ》に乗れば急に駆け出した車の中で倒れるなど笑いものにされることが少なくなかった。あるとき猫間中納言光隆卿《ねこまのちゅうなごんみつたかのきょう》（猫間は地名）が、木曽殿の館に出かけられたとき、その猫間という呼び名を使って、侮辱ともいうべきもてなしをして不評を買ったが、あばれ者の木曽を恐れて誰も直言するものはなかった。

水島合戦　みずしまがっせん

平家は讃岐の八島（屋島）に着き、近隣十四ヵ国を従えて行宮《あんぐう》を構えた。これを知った義仲は矢田判官代《ほうがんだい》義清他の武将に討っ手を命じ、備中国《びっちゅうのくに》水島に水軍を集結させて八島攻

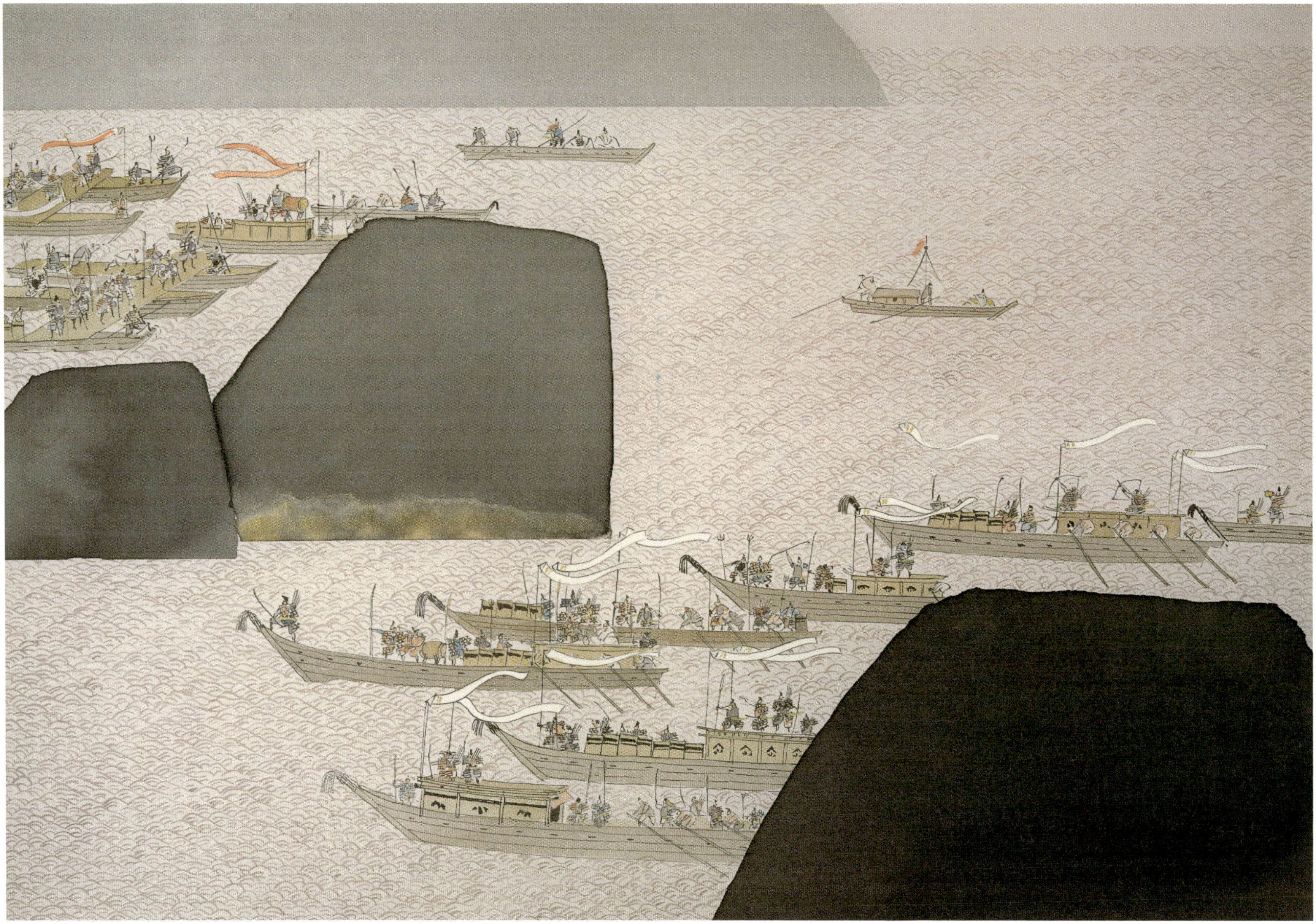

水島合戦
みずしまがっせん

瀬尾最期《せのおさいご》

撃の機運をまっていた。

寿永二年閏《うるう》十月一日、水島に小舟が近付いてきた。釣船のようだったがじつは平家の牒状（書状）を運ぶ舟だった。これを見とがめた源氏の船団はいっせいに攻撃に出た。平家はこれを待っていたかのように、倍する兵力で迎撃した。平家の軍船は互いに連結し、歩みの板を渡してその上を行き来できるほど平にし、弓を射、太刀で斬り、熊手にかけるなど有利に戦って源氏の大将を討ち取り、ようやくうちつづく敗戦の恥をそそいだ。

瀬尾最期　せのおさいご

水島の敗戦を知った義仲は、大軍を率いて山陽道を下った。

このとき、平家の侍で北国の戦いで囚われの身となり、加賀国《かがのくに》の倉光の三郎成澄に預けられていた備中国の瀬尾太郎兼康《せのおのたろうかねやす》は、命を助けおかれた礼に、義仲軍の「先陣に立って戦いましょう」と申し出るが、あくまで平家に対する忠誠心が変わったわけではなかった。

瀬尾太郎が許される、と聞いて迎えにきた嫡子の小太郎宗康《むねやす》の兵と合流すると、その夜酒宴を催して酔いつぶれた倉光の兵を殺して逃げ、今の岡山市津島のあたりに陣を構えた。

怒った義仲軍はこれにおどりかかる。父の兼康は足を痛めた小太郎を見捨てられず、ともに奮戦の末、ついに討たれた。

室山　むろやま

義仲は一挙に八島を攻めるつもりだったところへ、樋口次郎兼光《ひぐちのじろうかねみつ》の急使がきた。

「殿の留守のあいだに、院の仕事をとりしきっている十郎蔵人行家が、それをいいことに、いろいろと讒奏《ざんそう》している。西国の戦はしばらくおき、一時お帰りになってはどうか」

と言うのだった。

義仲は夜を日についで馳せのぼった。十郎蔵人はこれはまずいと思ったらしく、義仲の帰路とは違う路を通って播磨国《はりまのくに》へむかった。

平家は、この機を見て木曽を討とうと、新中納言知盛卿を大将軍にし、その勢、二万余騎が、千余艘の船にのって播磨に渡り、室山へ鉄壁の陣をしいた。

十郎蔵人は、この平家と戦って木曽と仲直りをしようと考え、五百余騎で攻め込んだ。

平家は陣営を五つに分けて固めていたが、予定の通り、守りを薄手にして敵を中へ入れた。

十郎蔵人の軍は、謀られたとも知らず陣を突破し、気がついたときは、周りを平家の軍勢に囲まれていた。それでも十郎蔵人は健闘したが、ついに及ばず、僅か三十騎となって敗走した。

鼓判官《つづみほうがん》

洛中の木曽の兵は、青田を刈って馬草にし、人の倉を開け、通る人の衣装を剥ぎとるなど、その狼藉《ろうぜき》は目にあまるものがあり、これでは平家の方がよかったという者さえあった。

壱岐判官知康《いきのほうがんともやす》が院の使いにたって義仲のもとへ行き、「狼藉をしずめよ」と申された。この判官は鼓の名人であったので、人は鼓判官《つづみほうがん》と呼んだ。そのとき、義仲は謹んで聞く気配も見せず、「そもそも、あなたを鼓判官と申されるは、沢山の人に打たれたためか」などと、失礼なことを言った。

判官は、義仲の人物を見抜き「すぐにでも朝敵になります。追討なさるほうがいい」と進言した。法皇は武士に頼らず、延暦寺や三井寺の荒法師たちを集められた。

このようにして、院の木曽殿に対する処遇にも限度が知られたため、都をとりまく五畿《ごき》内《ない》の武者どもは、みな院方へついた。

義仲は大いに怒り、今井四郎のとめるのも聞かず院に背《そむ》いて戦いを決意し、寿永二年十一月十九日、会戦の朝を迎える。

この日、院の御所法住寺殿には二万余人の兵がたてこもっていた。

木曽が法住寺の西門に来て見れば、鼓判官は錦の直垂《ひたたれ》を着て鎧《よろい》はつけず、西の築垣《ついがき》の上に上り、木曽の軍を挑発するかのように踊った。木曽軍は一挙に攻め込み、散々に戦った。搦手《からめて》にまわった樋口次郎兼光は鏑矢《かぶらや》に火を入れて法住寺の御所を射た。おりしも強い風にあおられて火が出る。院側の敗色がこくなり、法皇は御輿《みこし》に乗って他所《よそ》へ越され、主上《しゅしょう》（後鳥羽天皇）は池に船を浮かべてお乗りになった。武士どもが、しきりにこの船を射るので、たまたまこの船に乗っておられた紀伊守範光《きのかみのりみつ》が、

「この船は、主上のわたらせ給うぞ、あやまちをいたすな」

と叫んだ。すると兵どもはみな馬から下り、謹んで挨拶したという。

法住寺合戦《ほうじゅうじかっせん》

法住寺を固めていた源蔵人仲兼《げんくろうどなかかね》は、法皇も帝も都にはおられぬことを知るや、鬨《とき》の声をあげて川原坂をまもる義仲の軍へ乱れ入った。

蔵人の郎等に信濃次郎蔵人仲頼《しなののじろうくろうどなかより》というものがあった。蔵人は敵軍の中から、見覚えのある栗毛の馬が走り出てくるのを見て、仲兼が討死にしたかと早合点し「死なば一所に、と契《ちぎ》りしに、別々に討たれんことこそかなしけれ」とばかり、家来に自分の最期を故郷へ伝えよと追い返し、ただ一騎となって敵軍のなかへ入って行った。

平家は西に、義仲は都に、兵衛佐《ひょうえのすけ》頼朝は東国にと、天下は乱れたまま年が替わり、寿永もはや三年となった。

法住寺合戦《ほうじゅうじかっせん》

宇治川先陣《うじがわのせんじん》

生ずきの沙汰《いけずきのさた》

寿永三年の正月、院の御所でも、平家のいる八島でも、元旦の儀式は行われなかった。正月十一日、木曽左馬頭《さまのかみ》義仲が院参《いんざん》して、平家追討を願い出、十三日いざ出発というとき、急な知らせが入る。

前兵衛佐《さきのひょうえのすけ》頼朝が、木曽の狼藉《ろうぜき》を鎮めようとして、大軍を寄せ、先陣は早くも美濃国、伊勢国へ達しているというのである。

木曽は大いにおどろき、宇治、勢田の橋をひき、大手の勢田には今井四郎兼平八百余騎、宇治橋へは仁科、高梨、山田の次郎五百余騎、一口《いもあらい》へは信太《しだ》の三郎先生《せんじょう》義憲《よしのり》三百余騎が向かった。

東国の軍兵は、大手の大将軍に蒲《かば》の御曹司《おんぞうし》範頼《のりより》、搦手《からめて》の大将軍は九郎御曹司義経《よしつね》、主なる大名三十余名、総勢六万騎を数えた。

そのころ鎌倉に、〝いけずき〟〝する墨〟という名馬があった。梶原源太景季《かじわらげんたかげすえ》が、しきりに〝いけずき〟を所望したが、頼朝はいざというとき自分が乗る馬だ、と言って〝する墨〟を与えた。次に佐々木四郎高綱《たかつな》が出陣の挨拶にうかがったおり、頼朝は何を思ったか〝いけずき〟を与えた。

高綱は「もし宇治川で死んだときは、先陣ができなかったとき、まだ生きていたときは、さだめし、先陣は高綱だったと思し召されよ」と言って出立《しゅったつ》した。

高綱が〝いけずき〟に乗っていることを知った梶原は、激しく嫉妬し、この上は高綱とさしちがえて、二人の武将を亡くし、兵衛佐殿《ひょうえのすけどの》に思いしらせてやる、と腹をきめた。

そこへ何もしらぬ高綱が来たので、

「佐々木殿、〝いけずき〟を賜ったそうだな」

と景季が聞いた。高綱はその声色から総てを察し、

「戦場へ行っても、乗って川をわたるべき馬はない、この際〝いけずき〟がほしいと思っても、梶原殿さえもらえぬ名馬をわたしがもらえるはずはないと考え、後日、勘当されるならばそれもよしと、何を隠そう、盗んでしまったのだが、どうだろう」という。

景季は、この言葉を聞いて、胸もおさまり、

「しまったことをした、景季も盗めばよかった」

と、どっと笑って立ち去った。

宇治川先陣《うじがわのせんじん》

正月二十日戦いの日、宇治川は荒れた。梶原源太景季は先陣を争って一足早く川に乗り入れた。遅れた高綱は梶原に向かって「馬の腹帯《はらおび》がゆるんではいないか」と叫び、梶原がそれを改めるまに追い抜く。謀られた梶原は「川底に綱が張ってあるぞ」と高綱を牽制《けんせい》するが、急流に逆らううち、高綱が一歩を先んじ、「高綱こそ宇治川の先陣ぞ」と、大音声《おんじょう》をあげた。

畠山庄司《はたけやまのしょうじ》次郎重忠《じろうしげただ》の一団五百騎がやがて続いた。このとき畠山の馬が額に矢をうけて弱ったので、川の中へ立ち水底をくぐって上がろうとしたら、背につかまっているものがある。問えば「重親《しげちか》」と答えた。彼は、元服のおり、重忠が冠と名乗りを与えた若武者である。

重忠は重親をつかんで岸に投げた。重親はこのとき、

「武蔵国《むさしのくに》住人、大串次郎重親、宇治川の先陣なり」

と名乗ったので、敵も味方もこれを聞いて一度にどっと笑った。

東国の軍勢はみな川を渡った。木曽軍は散々に蹴ちらかされ、木幡山《こはたやま》、伏見をさして落ちて行った。

河原合戦《かわらがっせん》

宇治、勢田の陣は破れた。義経の軍は勢いにのって義仲の軍を追ったが、この時、その追撃は兵に任せ、義経は院の御所の守護にかけつけた。

院の御所にこもっていた人々の目は、白旗をなびかせ、土煙をあげてかけつける武者を、義仲の兵と見間違えたが、

「東国より前兵衛佐《さきのひやうゑのすけ》頼朝が舎弟《しゃてい》、九郎義経こそ参ッて候へ。あけさせ給へ」

と大音声《おんじょう》に呼ばわるのを聞いて驚喜し、人々は喜んで門を開いた。

駆けつけた者は、九郎義経、安田三郎義定《よしさだ》、畠山庄司次郎重忠、梶原源太景季、佐々木四郎高綱、渋谷右馬允《うまのじょう》重資《しげすけ》など名だたる武者ばかりであった。

河原合戦《かわらがっせん》

木曽最期《きそのさいご》

木曽最期　きそのさいご

木曽は丹波路へ向かうとも、また、竜花越《りゅうげごえ》を行って北国へ向かおうとも考えたが、やはり今井のことが気にかかるため勢田への道をとる。

今井四郎兼平《かねひら》は勢田を固めていたが、主のことを思い、旗を巻いて都へとって返した。

二者は、運よく大津の打出《うちで》の浜で出会った。共に戦い共に死のうと契《ちぎ》った主従である。この偶然に心をとりなおし、巻いた旗をほどいて散った兵を集めれば、義仲の妻、巴御前《ともえごぜん》も馳せ参じた。

巴は色白く、髪は長く、美しい上に一騎当千の兵者《つわもの》で、これまでも鎧《よろい》をつけ大太刀《おおだち》を持って戦った度々の高名には、ならぶものがないほどであった。

木曽軍は戦列を立て直して最後の戦いをいどむが、いかにも多勢に無勢である。凄惨な戦いとなり、兼平の味方は僅か五騎となった。しかし、この戦いの折り巴御前は勇将御田八郎師重《おんだのはちろうもろしげ》を組みふせ、首をとった後、鎧を脱ぎ捨てて東の方へ落ちていった。

今井四郎は「わたしが防いでいるうちに、かの松林にかくれて自害なされ」と義仲に進言するが、その甲斐もなく、疲れた馬が深田にはまったとき、三浦の石田の次郎為久《ためひさ》という武者に射られて落命する。

これを知った今井四郎は最後の名乗りをあげ、太刀の鋒《さき》を口に含み、馬から飛んで自害した。

樋口被討罰　ひぐちのきられ

今井の死を知った義仲の家来、樋口次郎兼光《かねみつ》、その兵、茅野太郎《ちののたろう》などは僅か二十騎で、七条朱雀《しつじょうしゅしゃか》の敵陣に最後の突入をはかって全滅する。

一方、平家は八島を出て、福原の旧都へ居住し、西は一の谷に城郭を構えた。一の谷は今日でも「北は山、南は海、口はせまくて奥ひろき」天然の要害である。海には遠浅まで大石を重ね、「大木を伐って逆茂木《さかもぎ》にかけ、ふかき所には大船を」ならべ、城の高櫓《たかやぐら》には完全武装の武者を雲霞《うんか》のように配置し、櫓の下には鞍を置いた馬を十重二十重に準備し、常に太鼓を打って気勢をあげた。

「一張《いっちゃう》の弓のいきほひは半月《はんげつ》胸のまへにかかり、三尺の剣《けん》の光《ひかり》は秋の霜腰《しもこし》の間《あひだ》に横だへたり。たかき所には赤旗《あかはた》おほくうちたてたれば、春風《はるかぜ》にふかれて天に翻る《ひるがへ》」さまは火炎のようにものものしかったという。

六ケ度軍　ろっかどのいくさ

平家が福原へ移ってより、四国の兵者《つわもの》たちは、平家を見限って、源氏につこうと思いはじめていた。しかし、このままでは源氏が信用してくれまい、せめて平家に矢の一つも射かけて後の事だと考えた。

いわば、その反乱軍は、門脇の中納言教盛《のりもり》、その子息の通盛《みちもり》、能登守教経《のりつね》の父子三人が、備前の下津井《しもつい》にいると知って、兵船十余艘で攻め寄せたが、逆に手ひどく攻めたてられ、淡路国福良《ふくら》の港まで逃げ延びたところ、そこには源氏方の兵、賀茂冠者義嗣《かものかんじゃよしつぎ》、淡路冠者義《あわじのかんじゃよし》久《ひさ》の二人がいた。四国の兵はこの二人を大将に頼んで城を構えてみるが、一日で能登守の軍に亡ぼされてしまった。

それだけではない、四国反乱兵のうち、剛の者、河野四郎こそ伊予へ逃したが、安芸国の沼田次郎《ぬたのじろう》は捕虜にし、淡路国の安摩《あま》の六郎忠景《ただかげ》を追い、これに合流した紀伊国の園辺兵《そのべのひょう》衛《え》忠康《ただやす》をも追撃して追いちらした。

また、豊後の臼杵二郎《うすきのじろう》、緒方三郎維義《これよし》も、かなわぬとみて鎮西（九州）に渡った。

平家一門の公卿、殿上人は「さすが、能登守」と、感じいったという。

樋口被討罰
ひぐちのきられ

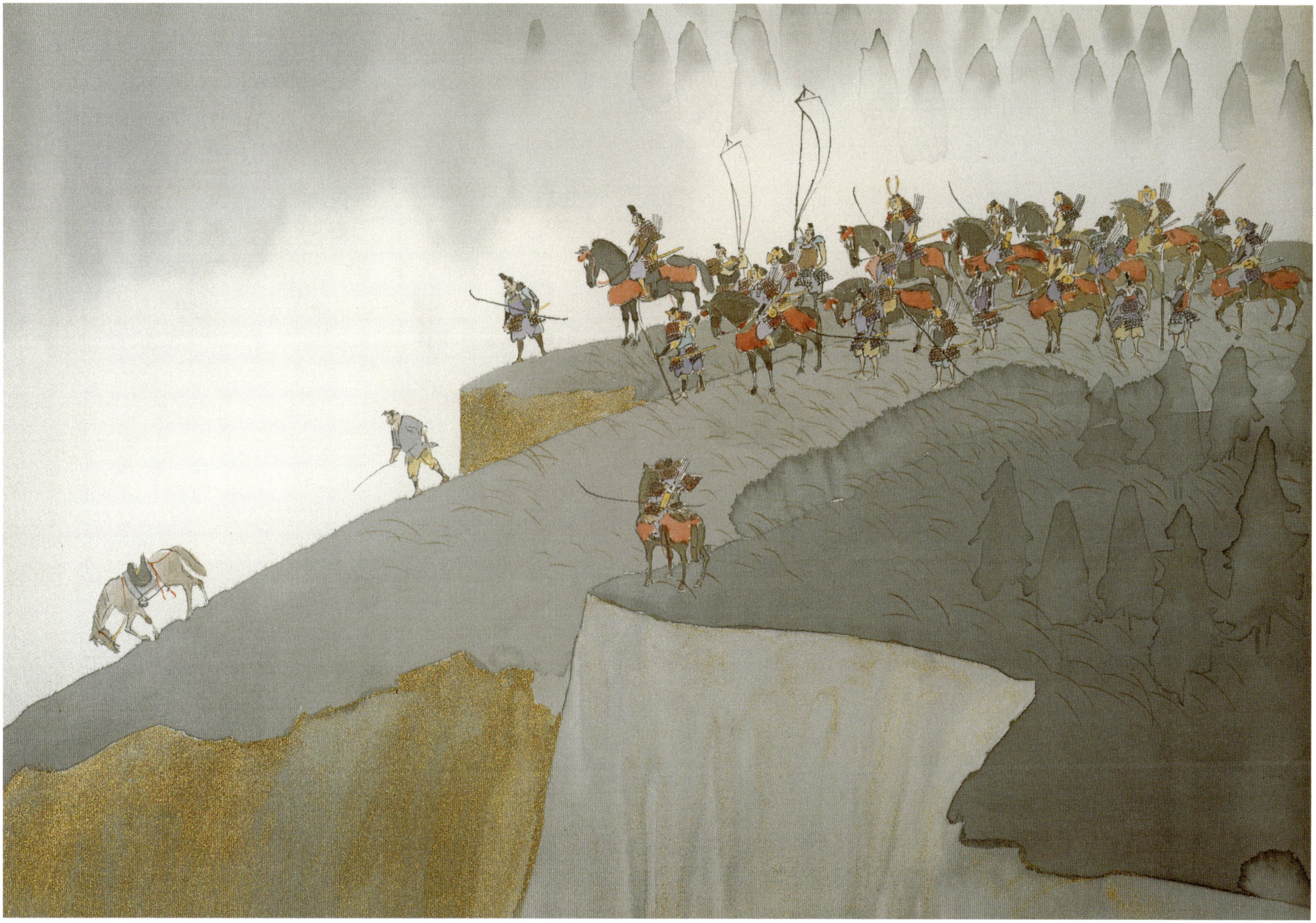

老馬
ろうば

三草勢揃《みくさせいぞろえ》

寿永三年、戦いにあけくれる日が続いて、二月四日となる。この日は、故入道清盛の命日で、しかるべき法要の儀を行うべき日だったが、源氏に囲まれた形の福原では、例年の通りに行うわけにもいかなかった。

源氏は四日に攻撃をかけるのはやめ、五日は方角が悪く、六日は道虚日《どうこにち》といって出歩くことを忌む日にあたる。七日こそ一の谷における源平矢合わせの日と決まった。

合戦こそさけたが、源氏は戦闘配置につくため、粛々として出立した。大手の大将軍は蒲御曹司《かばのおんぞうし》範頼《のりより》をはじめ名だたる武者五万余騎。四日辰《たつ》の刻《こく》に都を発って、その日の夕刻摂《っ》津国《のくに》昆陽野《こやの》に到着した。

搦手《からめて》の大将軍は九郎御曹司義経《よしつね》ほか、武蔵房弁慶《むさしぼうべんけい》など、屈強の武者その勢一万余騎、同じく都を発って、播磨《はりま》と丹波《たんば》のさかいになる、三草の山の東の麓、小野原に到着した。

三草合戦《みくさがっせん》

平家の軍は大将軍小松新三位中将資盛《しんざんみのちゅうじょうすけもり》が三草の西の麓に陣を構えていた。

義経は土《と》肥《い》次郎たちを召し、「攻撃は今夜にするか、明日の戦か」と相談すれば、田代冠者は夜討ちを進言し、土肥も賛成して一団はその夜のうちに出発した。

しかし道が暗くよく見えない、「れいの大松明《おおたいまつ》を」ということになる。ひどいことをするもので、ここで松明と言っているのは民家に火を放つことだった。その明りを利して三里の山道を越えた。

その夜半、平家の陣へ、突如一万騎の軍勢がなだれこんだ。あっというまに五百騎を失った平家軍は讃岐の八島と一の谷へ逃げて行った。

老馬《ろうば》

大将軍義経は、一万余騎の兵を二手に分け、土肥次郎実平《さねひら》以下七千余騎を一の谷の西木戸口へ向かわせ、自らは三千余騎を率いて搦手《からめて》の鵯越《ひよどりごえ》に向かい、道なき道をたどって一の谷の背後にせまった。

はじめは老馬を追い、その馬の行く先を道しるべにして進んだが、なにぶん雪に踏み迷う難所で、進軍は思うにまかせなかった。

弁慶が一人の猟師をつれてきた。その男は「あれは三十丈の谷です、鹿は行きますが、たやすく人の通うべき所ではありません」と言った。鹿が通うものならば、と意を決し、十八歳になる猟師の息子の熊王《くまおう》を道案内にして兵を進めた。この熊王は、後の鷲尾三郎義久《よしひさ》で、義経が奥州へ下って討たれるまで進退を共にすることになる。

一二之懸　いちにのかけ

熊谷次郎直実《なおざね》は鵯越へ向かうはずだったが、子息の小二郎と相談し、平山季重《すえしげ》たちと共に、敵陣一の谷への先陣を承ろうと決め播磨路へ向かう道をとった。田井の畑という旧道を行き、浪うちぎわまで出たところへ、土肥《とい》二郎実平《じろうさねひら》が七千余騎を率いて待機しているのにあう。熊谷は夜にまぎれて、浪うちぎわにそって駆けぬけ、一の谷の西の木戸口へ迫った。

敵陣はしずまりかえっている。

熊谷は大音声《おんじょう》に、一の谷先陣の名乗りをあげた。すると、すぐ後ろに平山季重が来ている。そのうち成田五郎も来た。かれらは功名心にかられて互いに相手をだしぬこうとしていたのだった。

これを知った平家の陣からも、越中二郎兵衛盛嗣《びょうえもりつぎ》、悪七兵衛景清《あくしつびょうえかげきよ》など、主だった強者二十騎あまりが木戸を開いておどりだした。

敵味方がいりまじって猛烈な戦いとなり、互いに名のある武者を求めて功名を競った。

この戦いのおり、直実の子息小二郎直家《なおいえ》も「生年十六歳」と名のって切りこむが、このとき、弓手《ゆんで》を射られて負傷する。守る平家より、攻める源氏に分があった。平家の軍が押され気味にしりぞくところへ、熊谷直実と、平山季重が抜きつ抜かれつ、木戸の中へなだれこみ、一、二の懸を争った。

二度之懸　にどのかけ

大手、つまり正面攻撃に向かった梶原景時《かげとき》の一隊のうち河原太郎、次郎の兄弟は生田《いくた》の森の防衛線を突破して討ち入ったが、堅固な守りのために早くも討たれた。

二人の死は統率力の不覚だと、自分に言い聞かせた梶原は、郎等を率いて一挙になだれ入り、敵陣の中を縦横に駆け巡って奮戦したが、あまりに深く攻め入った嫡子源太景季《かげすえ》の姿を見失ったため、景時は子の姿を求め、大音声をあげて攻め入り、馬を射られ兜《かぶと》も打ち落とされ、かち立ち（徒歩）になって斬りむすんでいる源太を見つけ、これを救った。

二度之懸《にどのかけ》

坂落《さかおとし》

坂落　さかおとし

梶原、熊谷の攻撃をもってしても、堅固な一の谷はなかなか落ちなかった。

七日の明け方、一の谷の崖上から見下ろしていた義経は幾頭かの馬を落してみた。そのうち無事に降りて胴ぶるいするものがある。意を決した義経ほか三十騎ばかりが真っ先かけて駆け下った。これに勢いを得た佐原十郎義連《よしつら》ほか三千余騎が、もつれあうようにして駆け降りたが、その、鬨《とき》の声はこだまして、十万余騎の音声《おんじょう》ほどに聞えたという。

やがて一の谷の陣営は火炎につつまれた。算を乱した平家の軍勢は海へ逃げるほかなかった。

越中前司最期　えっちゅうのせんじさいご

山の手を守っていた平家方の越中前司盛俊《もりとし》は、もはや逃げきれぬと思い、馬を止めて目ぼしい相手を待つところへ、関東八ヵ国に聞こえた剛の者、猪俣《いのまた》の小平六則綱《こべいろくのりつな》が来た。一方盛俊も猪俣に劣らぬ武者だった。

二人は馬上で組み、一つになってどうと落ち、盛俊が上になった。組敷かれ、殺されかけた猪俣は、「武蔵国住人、猪俣の小平六則綱」と名乗り、

「源氏が勝つに決まった戦だ、今、理を曲げて命を助けてくれたら、後に則綱の勲功の賞にかえて、あなたの部下までもその助命を約束する」

と言った。

盛俊は、この言葉に怒ってまさに首をとろうとすると、「まさか、降伏した者の首をとるのではあるまいな」と言う。

盛俊は力をゆるめ、互いに水田の畔《あぜ》に腰をおろして、息をついているところへ、前後の事情を知らぬ則綱の友、人見の四郎が駆けつけ、両手で盛俊の胸元を突き、水田の中に落した。すかさず猪俣がおどりかかり、小刀で刺した。

忠度最期《ただのりさいご》

美しい装束《しょうぞく》の武者が一騎、西へ向かって落ちて行く。これを見つけた、百騎ばかりの軍兵がおいすがった。その中の武蔵国の住人岡部の六野《ろくや》太《た》忠純《ただずみ》が名乗りを上げ、

「鉄漿黒《かねぐろ》（おはぐろ）つけたるは平家の公達《きんだち》にてこそおわすらめ」

と一騎打ちをいどんだ。しかし思いの他の強さを知った六野太の童《わらわ》がかけつけ、公達の右腕を打ち落としたため、ようやく首をとった。

よく見ると、その箙《えびら》に歌が結びつけられている。

ゆきくれて　木のしたかげを　やどとせば　花やこよひの　主《あるじ》ならまし

と読めた。武芸にも歌にもすぐれた、大将軍薩摩守忠度《さつまのかみただのり》と知られた。

重衡生捕《しげひらいけどり》

本三位中将重衡卿《ほんざんみのちゅうじょうしげひらのきょう》は生田森《いくたのもり》の副将軍だったが、兵はみな敗走し、残るのは乳母子《めのとご》の後藤兵衛盛長《もりなが》と、主従ただ二人になってしまった。

いずれも名馬に乗っていたため、梶原源太景季《かげすえ》、庄の四郎高家《たかいえ》の二人は、一日で名のある武将と目をかけ、馬に鞭を打ってかけつけたが、重衡たちの馬が優れて早く追い付けそうもない。

梶原源太景季は鐙《あぶみ》をふんばって立上り、遠くから矢を射た。矢は重衡の馬の後ろに深く突きささったため、重衡は早く走れなくなった。このようすを見た盛長は、「馬を代えてくれ」と言われたら困ると思い、鎧につけた平家の赤印もかなぐり捨て、重衡の呼ぶ声も聞こえぬふりをし、つまり主を見捨てて逃げて行った。重衡は、海に乗り入れたが、遠浅だった、この上は自害しようと、鎧を外したところへ、梶原よりひと足さきに庄の四郎高家がかけつけ、「ご自害はなさるな、わたしがどこまでもお供をしましょう」と言い、たすけあげて鞍の前輪《まえわ》にしばりつけ、自分は予備の馬にのって引きあげた。

後藤兵衛は、逃げ延び、身を寄せていた尾中法橋《おなかのほっきょう》が亡くなったため、残された尼公《にこう》の供をして都へのぼったところを人に見られ、

「三位中将と共に死ぬことのできなかった恥知らずの盛長よ」

と、わらいものにされたという。

忠度最期《ただのりさいご》

敦盛最期《あつもりさいご》

敦盛最期　あつもりさいご

熊谷次郎直実《なおざね》は、沖の船をさして落ちていく一騎を見た。

「練貫《ねりぬき》に鶴ぬうたる直垂《ひたたれ》に、萌黄《もよぎ》匂《にほひ》の鎧《よろひ》着て、鍬形《くはがた》うッたる甲《かぶと》の緒《を》しめ、こがねづくりの太刀《たち》をはき、切斑《きりふ》の矢負ひ、滋籐《しげどう》の弓もッて、連銭葦毛《れんぜんあしげ》なる馬に黄覆輪《き(ン)ぷくりん》の鞍《くら》おいて乗ッたる武者」である。

熊谷は、「大将軍とこそ見参らせ候へ。（中略）かへさせ給へ」と招いた。

むずと組んで見れば薄化粧して鉄漿黒《かねぐろ》に染めた十六、七ばかりの美しい若武者で、

「さらば汝がためには好い敵ぞ、名乗らずとも首をとって人に問え、見知ろうずるぞ」

という。あっぱれ大将軍よ、この方一人逃しても戦に負けることはあるまい。わが子小二郎が軽傷を負っても自分は悲しいのに、この方の父が子の討たれたことを知られたらどんなに悲しまれることだろう、と煩悶《はんもん》するが、味方の軍勢が迫ってくる。同じくは直実が手にかけ参らせんと泣く泣く首をとった。

若武者は腰に笛をさしており、顔を見て平経盛《つねもり》の末子《ばっし》敦盛《あつもり》と知られた。

暁の城に聞こえたのはこの笛であったか、戦の陣に笛を持つ心のやさしさよと、袖を濡らさぬものはなかった。

落足　おちあし

小松殿の末子備中守師盛《もろもり》は主従七人で小船に乗って逃げようとしていたところへ、新中納言の侍、清衛門公長《せいえもんきんなが》というものが乗せてくれ、というので船を戻したところ、一人乗ったためにひっくりかえってしまった。

そこへ源氏方の本田次郎が十四、五騎で駆けつけ、浮きつ沈みつしていた備中守を捕らえて首をとった。享年十四歳であった。

越前守通盛《みちもり》卿は、弟の能登守にはぐれ、東にむけて静かな死に場所を探しながら駆けるうち、湊川の川下で源氏の勢七騎ばかりに囲まれて討たれた。

およそ一の谷は死傷者の山、討たれた平家は二千余人にのぼり、音に聞こえた名将の名もそこにあった。

戦はやぶれた。

海に逃れて、潮のまま紀伊路に流される者もあれば、葦屋《あしや》の沖に漕ぎだして浪にもてあそばれるものもあり、あるいは須磨、明石の浦づたいに、揺られて逃げるものは互いに死生も知らず、浦々、島々をただようばかりであった。

小宰相身投　こざいしょうみなげ

越前の三位《さんみ》通盛《みちもり》卿の侍、君太《くんだ》滝口時員《ときかず》が、北の方の船に馳せ参じ通盛卿最期《さいご》のことを訴えた。

戦いに出ていく前夜、北の方が夫、通盛卿に「身ごもったかもしれぬ」と伝えたとき「通盛三十になるまで子というもの無かりつるに、ああ、同じことならこの世の忘れ形見に男の子であってほしい。しかし、あなたも波の上ではどんなに心細いことだろう」と云いおいて戦に出て行ったものを、と嘆かれれば、乳母は「いまは丈夫な世継ぎをもうけられ、長く菩提《ぼだい》を弔い参らせん」と慰めるのだった。

その知らせをうけたのは七日だったが、北の方はその日から寝込んでおしまいになり、十三日の夜までは起きてもこられなかった。夫に「もしものときはどうするおつもりか」などと聞かれたのに、まさか本当になろうとも思わず、なぜ「あの世でお会いいたしましょう」と約束しなかったのだろう、としきりに嘆かれた。

その夜ひそかに、船ばたに立たれた北の方は、「必ず一つの蓮《はちす》に」と念じて入水された。

この方は禁中一の美人小宰相《こざいしょう》とうたわれた方だった。通盛との恋物語は原文「小宰相身投」の章に美しくえがかれている。

小宰相身投《こざいしょうみなげ》

内裏女房
だいりにょうぼう

巻第十

内裏女房《だいりにょうぼう》

寿永三年二月、一の谷の戦は終り、平家の虜囚は前例を破って獄門の木にかけられた。同じく生け捕りにされた本三位の中将重衡卿はものものしい警護兵に囲まれて都へ入った。

警護の土肥次郎実平《といのじろうさねひら》のところへ、男がきた。

「もと中将重衡のもとで召使として働いていた、木工右馬允《むくうまのじょう》知時《ともとき》という者です、お許しを願っていま一度お目にかかり、昔語りでもしておなぐさめ申したいのです。もしあやしく思われるならば、腰の刀など召しおかれて、お許しを被《こうむ》りたくぞんじます」

という。土肥次郎は情けのある男なので、これをゆるした。

三位の中将重衡と知時とは、つきぬ昔話に涙をしぼるが、ややあって、

「お前を通じて、心をかよわせた、あの人はまだ内裏《だいり》におられるか。もしそうなら文をことづけたいものだが」

と申された。知時は「御文を給はッて参り候はん」という。守護の武士にも見せ、文はひそかに内裏の女房の手にわたされる。

文には、西国より囚われてのありさま、明日もしれぬ身の上のことなど、こまごまと綴られたあとに、うたがあった。

涙河　うき名をながす　身なりとも　いま一《ひと》たびの　あふせともがな

女房はこれを読んで、久しく泣かれていたが、中将の身を思って二年をおくった心のうちを歌に書かれ、知時を通して中将にわたした。

君ゆゑに　われもうき名を　ながすとも　そこのみくづと　ともになりなむ

土肥次郎実平は二人の心を察し、武士の手前のあることとて、車の内と外との面会だけを許した。しかししょせんは、囚われの身である。別れのとき、中将は、

逢ふことも　露の命も　もろともに　こよひばかりや　かぎりなるらむ

と詠み、内裏女房は、

かぎりとて　立ちわかるれば　露の身の　君よりさきに　きえぬべきかな

と歌をかえした。

八島院宣《やしまいんぜん》

頼朝は重衡《しげひら》卿に対し当然、死罪を行われることだろうが、もし、三種の神器と引き替えに重衡の命を助けるという提案なら、平家が聞き入れるかもしれないと、院宣が下された。

しかし、八島の平家方は決然とこれを断る。

請文《うけぶみ》

「ほかの者は多く討たれているのに、重衡《しげひら》一人の命だけを、惜しむわけにはいかない。幼帝、安徳天皇も即位されてから四年になる。都へかえれぬものが、どうして三種の神器を玉体から離すことができよう。

謹んでおことわりする。

寿永三年二月二十八日　従一位平《たいらの》朝臣《あそん》宗盛《むねもり》が請文」

これが、八島院宣に対する返書だった。

海道下《かいどうくだり》

頼朝はしきりに、本三位中将重衡を鎌倉へ引き渡すように申されるので、土肥次郎実平《といのじろうさねひら》が、まず九郎御曹子（義経）の宿所へ案内し、次に、同年三月十日、重衡は梶原平三景時《へいぞうかげとき》に守られて、鎌倉へくだった。

千手前《せんじゅのまえ》

頼朝は重衡を迎え、

「そもそも南都を焼きつくす挙に出られたのは、もっての外の罪業《ざいごう》だが、あれは故入道殿の命令だったか、それとも、時の勢いとでもいうものだったのか」と、聞かれた。

「南都炎上のことは、だれの命令でもなく、いいわけがましいが、いわば戦場の事故だった。かつて平家は朝廷につくし、天皇の外戚として、天下に栄えてきたのに、それは故入道一代で、その他の者はみな命運つきて都を後にした。あのときは、屍《しかばね》を野山にさらし西海に沈むものと覚悟していたのに、重衡はここまでながらえてしまった。敵中の死は弓矢をとるもののならいで、恥ではない。どうぞ頭をはね給え」と言った。頼朝は、

「わたしは、平家を特に敵と思っているわけではない。ただ帝王《みかど》のおおせはきびしいし、南都の僧徒が、おんみの引渡しを迫ってくることがないとは言えぬ」

千手前《せんじゅのまえ》

横笛《よこぶえ》

と、思いのほか寛大に、重衡の身を狩野介宗茂《かののすけむねもち》に預けた。宗茂は重衡に湯を使わせ、頼朝は女をさしむけて背を流させるなど、ふしぎな情けをかけた。女は千手《せんじゅ》の前《まえ》といい、もと頼朝に召された美しい人であった。

小雨の夜、狩野介は小宴を設け、千手は琴を弾いてうたい、重衡もこれに和した。琵琶の撥音、朗詠の口ずさみをもれ聞いた頼朝は、いたく感興を覚えたという。

後に重衡が斬られたことを漏れ聞いた千手は、やがて出家して重衡の菩提《ぼだい》を弔った。

また、さきに書いた内裏《だいり》女房《にょうぼう》とは民部卿《みんぶのきょうの》入道親範《にゅうどうしんぱん》の娘であるが、この女房もやがて出家し、尼となって、菩提を弔う日々をおくられた。

横笛　よこぶえ

小松三位中将維盛《これもり》卿は八島にあって、都に残してきた妻子のことが気になってならず、寿永三年三月十五日の朝、与三兵衛《よそうびょうえ》重景《しげかげ》、石童丸《いしどうまる》、船の心得がある舎人《とねり》、武里《たけさと》の三人をつれてひそかに都へ向かったが、重衡のことなどを思うと容易に都へ入れるものではないと、思いなおし、高野山《こうやさん》へ向かった。

斎藤滝口時頼《ときより》というものがあった。建礼門院に仕えていた横笛《よこぶえ》という女性を見染め、哀れにも深く恋したが、父の斎藤茂頼《もちより》はこれを強く諌《いさ》めた。時頼は恋を捨てて覚悟の出家をし、嵯峨の庵《いおり》にこもった。

これを聞いた横笛は「われをこそすてめ、様をさへかへけむ事のうらめしさよ」と、入道時頼の庵を訪ねるが、時頼は頑《がん》として顔も見せなかった。

横笛も後を追って剃髪《ていはつ》する。

入道時頼は更に山深い高野山に入り、高野聖《ひじり》と呼ばれるようになった。

その後、旧知の仲だった、維盛と時頼が、高野山で再会することになる。

維盛出家　これもりのしゅっけ

維盛は高野聖《こうやひじり》つまり斎藤時頼の手によって剃髪《ていはつ》し、供人の与三兵衛重景や石童丸も共に出家する。

その後八島へ帰ろうとする道で、狩装束《かりしょうぞく》の一隊に会う。その中の一人湯浅七郎兵衛宗《しちろうびょうえむね》光《みつ》が近づいてくるが、知らぬ顔で行きすぎる。しかし宗光は出家した維盛の一行だと見抜いていた。

その後、一行は熊野三山《くまのさんざん》へ参詣を終え、浜の宮というところから、一艘の船に乗って海へ出る。維盛はその間も都へ残した妻子のことが気にかかってならぬと言い続けた。聖は生者必滅《しょうじゃひつめつ》、会者定離《えしゃじょうり》のことわりを聞かせて諭《さと》す。

その後、維盛は念仏を唱えていたが、那智の沖にさしかかったとき突然入水《じゅすい》し、あとの二名も続いて水に入った。

寿永三年三月二十八日、のことであった。

三日平氏　みっかへいじ

維盛たちが入水したとき、舎人武里も後を追おうとしたが、聖はこころをこめて押しとどめた。

聖は高野山へ帰り、武里は泣く泣く八島へ行き、維盛の弟にあたる新三位中将資盛《すけもり》殿へ、預かった手紙を渡し、維盛入水のようすを話した。

八島では維盛のことを、あの池の大納言頼盛《よりもり》のように、頼朝に心を通じて都へ行かれたにちがいないと噂していたが、そうでなかったのか、別れ別れになって死ぬのは情けないことだと言って嘆かれた。

四月一日、鎌倉前兵衛佐《さきのひょうえのすけ》頼朝は正下《しょうげ》の四位になった。もとは従下《じゅげ》の五位だったのだから六階級の特進である。これは木曽左馬守《さまのかみ》義仲《よしなか》追討の賞だと噂された。

その頼朝の特別のはからいで、都に残った池の大納言頼盛は、命は助かったことになるが、頼朝の他の源氏が何を思うかは知れず、西海へ向かった平家のことを思うと、心安らかではなかった。その大納言頼盛のもとに弥平兵衛《やへいびょうえ》宗清《むねきよ》というものがあった。代々仕えた忠臣だったが、頼朝に呼ばれて頼盛が関東へ下っていかれるとき、西海の平氏のことを考え、お供をことわる。

頼朝は、昔、清盛に対して頼朝の命乞いをしてくれた故尼御前《あまごぜん》の御恩は決して忘れないと誓い、誠意を持って頼盛をもてなした。その尼御前は頼盛の生母にあたる。

六月十八日、平家方の肥後守《ひごのかみ》貞能《さだよし》が、伯父の平田入道定次《さだつぐ》を大将に、伊賀、伊勢の住人と計って近江国へ出陣したが、源氏の末流のものが、出ていって平らげてしまった。

三日平氏とは、あわれにもこのことだ、と噂された。

維盛出家《これもりのしゅっけ》

藤戸《ふじと》

藤戸《ふじと》

七月二十八日、新帝（後鳥羽天皇）の即位式が行われ、年号は元暦《げんりゃく》と改まる。
八月六日除目《じもく》が行われ、九郎義経は左衛門尉《さえもんのじょう》になり九郎判官《くろうほうがん》とよばれることになった。
また、蒲冠者範頼《かばのかんじゃのりより》は三河守《みかわのかみ》となった。

秋は深まる。稲が風にそよぎ、木の葉も散りはじめる。平家一族にとって、むかしは九重の雲の上で秋の風情《ふぜい》をめでていたのに、いまは八島の浦でかなしい月を見なければならぬ日々となった。

左馬守行盛《さまのかみゆきもり》（基盛の子）の歌

　君すめば　これも雲井の　月なれど　なほこひしきは　みやこなりけり

九月十二日三河守範頼《みかわのかみのりより》を大将軍に、土肥次郎実平《さねひら》を侍大将とした、平氏追討の大軍三万余騎が西下した。

これを迎える平家は、大将軍小松新三位中将資盛《すけもり》ほかの大軍が、五百余艘の兵船によって、備前の児島に向かった。

源平両軍は今の倉敷市藤戸あたりに対峙《たいじ》した。平家は海、源氏は陸である。戦いにならずに九月も二十五日になった。佐々木三郎盛綱《もりつな》の一隊は、海の浅瀬を探り出し、味方のとめるのも聞かずに馬を乗り入れて先陣を取った。

これに勢いを得た源氏の大軍は総て海に入り、いわば船と馬との戦いとなる。

この攻撃にひるんだ平家の軍は八島へ退いた。

大嘗会之沙汰《だいじょうえのさた》

十一月十八日、後鳥羽天皇にとってのはじめての新嘗祭《しんじょうさい》が行われた。

一昨年の先帝の大嘗会《だいじょうえ》のおりは、平家の時代で、古式にそったきらびやかな祭礼だったがこのたびはちがい、九郎判官《ほうがん》が先陣を承った。しかし木曽義仲の時代にくらべれば、はるかに都なれした行事になったという。

しかし一方、世の中はどうかというと、戦場になったところの農民は、森の中に隠れて暮らすほかはない。源平両軍の蹂躙《じゅうりん》するままに田畑はあれ、秋の収穫などは思いもよらぬことだった。

そういう世の大嘗会だから、形ばかりの祭事でよかったことになる。

さて冬の八島は、浦風もはげしく、磯うつ浪も高い、天候も定まらないので源氏が攻めてくるおそれはなかった。

三河守範頼が、手をゆるめず攻めていたら、平家は滅んでいたかもしれないのに、室《むろ》、高砂《たかさご》に兵を休め、遊女をあつめて遊びたわむれる。こうして国の費用はかさみ、民の苦しみだけが残る、はかない年が暮れた。

巻第十一

逆櫓　さかろ

年は明けて元暦二年二月になった。義経の軍は船を調達して八島へ、範頼の軍は山陽道を西へ向かった。

いざ八島へ出撃というおり、梶原景時《かげとき》は船に逆櫓《さかろ》をつけて操舵《そうだ》しやすく、進退の自由な船に改造することを提案した。義経は退くことを考えるのは武士らしくないと云って激論となり、あわや内戦にもなりかねぬ事件があった。

更に義経は強風であろうとも順風ならば船を出せと、ためらう水手梶取《すいしゅかんどり》どもを叱咤《しった》して出帆し、二月十六日の明け方、三日はかかるところを三時《みとき》ばかりで、突如、阿波の地へ吹き付けられたように上陸する。

ただ、この日の梶原とのいさかいが、後の禍根《かこん》になろうとは、勝ちに乗ずる義経には知るべくもなかった。

勝浦、付　大坂越　かつうら、つけたり　おおざかごえ

夜はすでに明けていた。義経ははるかな渚に赤旗のひらめくのを見て船と馬をすすめ、伊勢三郎義盛《よしもり》に、敵陣の中から兵を一人だけ捕らえてくるように命じた。

捕らえられたのは坂西《ばんざい》の近藤六親家《こんどうろくちかいえ》と名乗った。その男に、このあたりの名を聞くと「かつ浦」と答えたので、おせじを言うなといえば、「おせじではない。かつら、といいますが文字に書けば勝浦です」といった。

また、このあたりに平家の味方、阿波民部重能《みんぶしげよし》、桜間《さくらば》の介能遠《すけよしとお》がいることがわかり、近藤六親家の軍百余騎の中から三十騎ばかりを選んで味方につけ、重能、能遠の城を攻めて一挙に落してしまった。

判官《ほうがん》義経は、近藤六親家からこのあたりの地理、兵力などを聞き出し、阿波と讃岐のさかいの大坂越という山を越えて兵を進めることにした。途中、平家方の書状をはこんでい

逆櫓《さかろ》

那須与一《なすのよいち》

る者にであった。書状をとりあげてみれば、義経の動向を知らせようとする文面だった。
義経はこの男に道案内をさせて山を越え、讃岐の引田《ひけた》へ出た。丹生屋《にゅうのや》、白鳥《しろとり》を過ぎて八島を目前にする。陸と島の間は、潮がひくと馬の腹もつからぬ遠浅になることを聞き出し、高松の在家に火をかけて八島へ向かった。

八島の平家は、火を見て「あれは失火ではない、大軍が奇襲するしるしだ」と察し、みな船に乗った。御所の船には建礼門院、北の政所《まんどころ》、二位殿以下の女房たち、大臣殿《おおいとの》父子は一つ舟というふうに乗り、その他も思いおもいにあわただしく、先を争って漕ぎだした。
すると、彼方の水しぶきの中から、さっと白旗《しらはた》があがるのが見えた。

嗣信最期　つぎのぶさいご

つづいてあまたの騎馬武者が、大音声《おんじょう》に名をなのりながら、先を争って駆けてきた。
「一院の御使い、検非違使五位尉《けびいしごいのじょう》源義経」と声があり、つづいて「伊豆国の住人田代冠《たしろのかん》者信綱《じゃのぶつな》」、金子十郎家忠《いえただ》、おなじく与一親範《よいちちかのり》、伊勢三郎義盛《よしもり》、後藤兵衛実基《さねもと》その子基清《もときよ》、佐藤三郎嗣信《つぎのぶ》おなじく四郎兵衛忠信、江田の源三《げんぞう》、熊井太郎、武蔵房《むさしぼう》弁慶など大音声がつづいた。

馬は舟の間を縫うように駆け、舟からも馬からも矢が飛び交い、互いにおめき叫んで攻め戦った。

後藤兵衛実基は、陸を駆け、内裏《だいり》に入って火をかけた。

その火を見て、陸で戦えばよかった、敵の数は僅かだった、と見て、越中次郎兵衛盛嗣《もりつぐ》は陸へ上がり、渚へ陣どった。

源平は向い合って、互いに悪口のなげあいをしていたが、与一が強弓《つよゆみ》を放ち盛嗣の鎧《よろい》の胸板に突き立てた。これが合戦の合図ででもあるかのように、またも激しい矢合わせとなった。

能登守教経《のりつね》は判官義経に狙いをつけるが、まず嗣信が矢面《やおもて》にたった。
教経の童《わらわ》の菊王という大力の者がおどりこみ、佐藤嗣信の首をとろうとし、弟の四郎兵衛が兄を助けようと、よっぴいて弓を放てば、みごと童の腹巻に命中し、海へ落ちた。能登守は舟よりとびおりて菊王を助けあげたが、深手のため命はなかった。能登守は戦意を失い、その日の戦もおわりに近づく。

判官は佐藤嗣信を陣の後ろへかつぎこませ、負傷のようすを見たが、手遅れだった。
「奥州の佐藤三郎兵衛嗣信と申すもの、讃岐国八島の磯にて、主の御命《おんいのち》にかわり奉ってうたれにけり」と末代の物語にしてほしい、と言い残して息をひきとった。

義経は近くの僧をさがし、

「手負いのものが、今失せようとしている。一日経を書いて弔ってくれ」と頼み、その礼に愛馬を与えられた。一の谷の鵯越《ひよどりごえ》をおとされたときのあの名馬であった。

那須与一　なすのよいち

大坂を越えて進んだ義経の軍勢は、八島の浦で平家の軍船を捕捉《ほそく》した。

時は二月十八日の夕刻、「今日は日暮れぬ、勝負を決すべからず」と、義経が兵を引いたとき、扇の的《まと》をつけ女官をのせた一艘の船が平家の陣から漕ぎ出された。

判官《ほうがん》は、後藤兵《びょう》衛《え》実基《さねもと》を召し、あれは何だ、と問われた。

「射よというのでしょうが、もしその誘いに乗じて、大将軍が少しでも近付き、あの美女に目をうばわれなさったら、その隙《すき》に判官殿を狙おうとする謀でしょう」

と実基は答えた。

誰か、あの扇を射落すものはないかと、見渡す中に、一人いた。

「下野国《しもつけのくに》の住人、那須太郎資高《すけたか》が子に与一宗高《よいちむねたか》こそ小兵《こひょう》で候へども」弓は確かで、空を飛ぶ鳥でも三つに二つは必ず射落すほどだという。

義経は「あの扇を射よ」と与一に命じられた。

那須与一宗高は、このとき二十ばかりで、若くもある。

「もし射損じましたら、ながきみかたの御きずとなります。だれか他に確かな人はありませぬか」

と、辞退しようとしたが、義経はゆるさなかった。

決意を固めた与一は、美しい鎧《よろい》衣装に身を固め、たくましい馬にのって海へのり入れた。

折りしも北風は激しく、浪は高く、舟は大きくゆれた。沖には平家の軍船が並び、陸には源氏の軍兵どもがかたずをのんで見守っている。

与一は、神仏に祈念し、「この矢外させ給うな、これを射損ずるようなことがあれば、弓を切り折り自害して、人に二度とあわぬつもり」と深く祈って目を開ければ、心なしか、浪もしずまり、扇が目に定まるようになった。与一は鏑矢《かぶらや》をとってつがい、よっぴいてひょうと放った。

鏑矢は浦響く程ながに鳴りして扇の要《かなめ》を射、「鏑は海に入り、扇は空へぞ上がり」春風にもまれた後、入日の海へ散っていった。

弓流　ゆみながし

与一の弓の見事さが感にたえなかったと見え、五十歳ばかりの男が、扇の的の跡へ進んで舞いはじめた。源氏方の伊勢三郎が、「判官の命令だ、あの男を射ろ」と耳打ちした。こ

弓流《ゆみながし》

壇浦合戦《だんのうらかっせん》

こに書きたくないことだが、与一はその男も射落した。「あ、射た」というものもあったが「なさけなし」とその弓を恨む声もあった。

これは互いに挑発しあった結果となり、源氏の五騎ばかりが渚にいた平家の軍におどりかかった。その日は終るはずだった戦いが、またはじまってしまう。平家の方も負けず、悪七兵衛《あくしちびょうえ》景清《かげきよ》の奮戦に勢いを得、源平入乱れて乱戦となった。

このとき弓をとり落した義経は夢中になってこれを拾おうとする。戦いのさなかに弓など拾うとは、「御命《おんいのち》には代えさせ給うべきか」と味方の兵が叫んだ。

やっと弓を手にした義経は「弓の惜しさに取らばこそ。叔父為朝《ためとも》などが弓の様な強弓ならば、わざと落しても敵に取らせたであろうが、ひよわな弓を敵に取られ、『これこそ源氏の大将九郎義経が弓よ』と嘲笑されるが口惜しければ、命にかえて取ったのだ」と言われた。

志度合戦《しどがっせん》

その翌日、平家の軍船は志度《しど》の浦へしりぞいた。判官《ほうがん》はよりすぐった八十騎ばかりで追っ手をかけた。平家はこれを小勢と見て、千余人が渚に上がって又戦ったが、八島に残った源氏がすべて駆けつけたのを、平家の目には、まだ源氏が大勢続くだろうと見えたため、平家は又舟にのって潮にひかれ、いずこをさすともなく落ちて行った。

一方、判官は、

「阿波民部重能《みんぶしげよし》が嫡子、田内左衛門教能《でんないざえもんのりよし》は、河野四郎通信《みちのぶ》を攻め、河野は討ちもらしたが、郎等《ろうとう》百五十人余りの首をあげて、昨日八島の内裏《だいり》へさしだした。その田内が今日こちらへ向かうという情報がある。おまえは、その田内のところへ行き、なんとかうまくだまして連れてこい」と、命じた。伊勢三郎義盛《よしもり》はわずか十六騎、みな白装束で、白旗一流をかかげて出かけた。はたせるかな厳めしく進んでくる田内の軍に行きあったため、白旗、赤旗が向かいあうことになる。

伊勢三郎は、使者をたてた。その使者が武装をしていないことを見て、三千余騎の兵が道をあける。

「鎌倉殿の御おとうと、九郎大夫判官《くろうだいぶほうがん》が、院宣《いんぜん》を賜って西国へ向かっておられるが、一昨日は勝浦で貴殿の伯父、桜間《さくらば》の介《すけ》が戦死なされた。昨日は八島を攻め、御所も内裏もみな焼きはらわれ、宗盛卿父子は生け捕りとなり、能登殿は自害なされた。残る兵もみな志度の浦でなくなられた。貴殿の父、阿波の民部《みんぶ》殿も降人となられ、『あわれ、田内左衛門がこれをば夢にも知らず、戦いをいどんで、明日は討たれることになるのか』となげいておられる。この御嘆きがあまりにいとおしいので、こうしてお知らせに参上したのだ」

と申しつたえた。

「これは、噂に聞いていたことと変らぬ」と、田内は兜《かぶと》を脱ぎ、弓の弦をはずしたので郎等もみなこれにならい、三千余騎の大軍は、わずか十六騎の白装束の前に降《くだ》った。

田内左衛門は伊勢三郎にあずけられ、残りの兵はみな源氏の手勢となった。

二月二十二日のこと。渡辺に留まっていた、梶原景時の軍、二百余艘が八島についた。四国はみな判官に攻め落とされたあとである。なんの役にたとうか。

これでは「五月五日の節句がすぎた、六日の菖蒲《しょうぶ》だな」とみなが笑った。

壇浦合戦　だんのうらかっせん

平家は長門国引島《ながとのくにひくしま》まで下り、義経の軍は周防国《すおうのくに》まで追いかけ、そこで、兄の三河守範頼《みかわのかみのりより》の軍と合流した。

熊野別当湛増《くまののべっとうたんぞう》はこの情勢を判断しかね、源平のいずれにつくべきかを占うため、田辺の権現の庭で、白の鶏七羽、赤の鶏七羽を戦わせたところ、白が勝った。湛増の軍は、船二百余艘に、二千余りの兵、その上権現の御神体の若王子《にゃくおうじ》を乗せ、白旗に金剛童子《こんごうどうじ》の絵姿を描いて壇の浦へむかった。

また、伊予国《いよのくに》の河野四郎通信《かわののしろうみちのぶ》は百五十艘の軍船にのって源氏方に加わった。

さらに、四国、九州の味方にも背《そむ》かれた平家の行く手は、もはや壇の浦がゆきどまりである。


元暦二年三月二十四日、源平合戦最後の日が来る。

源氏の側から見れば、平家はもはや滅んだも同然なのに、はやる源氏は先陣を競った。またしても景時と義経は言い争い、双方の郎等が睨《にら》みあって、またもや内戦になるかと思われるほどだったが、三浦介義澄《みうらのすけよしずみ》、土肥次郎などの懸命の仲裁によってことなきを得、梶原景時の主従が、この日高名一番の働きをした。

しかし、この日のいがみあいも、長くしこりとなって残った。

優劣はすでに決していた。源平両軍は互いに陣を構えて鬨《とき》をあげた。

源氏は言うまでもなく、平家の最後のおたけびもまた天に轟き、竜神も驚くばかりに響きわたったという。

遠矢　とおや

船の屋形にすすみでた新中納言知盛は、

「運命尽きぬれば力及ばず、されども名こそ惜しけれ。東国の者に弱気見すな、何時の為

遠矢《とおや》

先帝御入水《せんていごじゅすい》

にか命をば惜しむべき」

と、大音声《おんじょう》をあげて味方を叱咤《しった》した。

平家の士気は意外に高く、遠矢を競う場面もあった。

源氏の和田小太郎義盛《よしもり》の射た遠矢を、新居紀四郎親清《にいのきしろうちかきよ》が射かえした。

ややあって、判官の船に「伊予国住人新居紀四郎親清」と記した白羽の大矢が届いた。

源氏からは甲斐源氏浅利与一《かいげんじのあさりのよいち》が、自分の矢を使って、はるかな新居紀四郎親清を射て海へ落した。

このようにして、戦いの時は粛々とすぎていった。

先帝御入水　せんていごじゅすい

心変りした平家の者、阿波民部重能《みんぶしげよし》から、主だった人は大船には乗っていないという情報を得た義経は、集中して普通の兵船を攻めた。

その頃二位《にい》の尼《あま》（清盛の妻、時子）は、神璽《しんじ》をわきにはさみ、宝剣を腰にさし、主上《しゅしょう》を抱いたまま、「わが身は女なりとも、かたきの手にはかかるまじ。君の御供に参るなり」と、しずしずと舷《ふなばた》にでられた。

まだ八歳の安徳天皇に「浪の下にも都のさふらふぞ」となぐさめまいらせて、千尋《ちひろ》の海に沈もうとすれば「無常の春の風、忽《たちま》ちに花の御《おん》すがたをちらし、なさけなきかな、分段《ぶんだん》のあらき浪、玉体《ぎょくたい》を沈め奉る。（中略）いまだ十歳のうちにして、底の水屑《みくづ》とならせ給ふ。十善帝位の御果報申すもなかなかおろかなり。雲上《うんしやう》の竜《りよう》くだッて海底の魚《うを》となり給ふ」たという。

能登殿最期　のとどのさいご

戦いのおわりが見えてきた。建礼門院は熊手にかけて助けあげられた。

教盛《のりもり》、経盛《つねもり》の兄弟は碇《いかり》を負って共に沈み、小松の資盛《すけもり》、有盛《ありもり》、従弟の行盛《ゆきもり》も後を追った。

能登守は、義経を探して源氏の船に跳びうつり、義経も心得、迎えて戦おうとするが、乱戦の中では思うにまかせず、いまはこれまでと決意した能登守教経《のりつね》は大太刀《おおだち》、大長刀《おおなぎなた》を左右に持って「われと思わんものは教経と組んで生け捕りにせよ、鎌倉へ下って兵衛佐《ひょうえのすけ》にひとこと言うことがあるのだ」と叫びながら奮戦し、組みついて来た安芸太郎《あきのたろう》、安芸次郎を両脇にはさんで入水《じゅすい》した。

内侍所都入　ないしどころのみやこいり

新中納言知盛は、

「見るべき程の事は見つ。いまは自害せん」と、かねて誓いあった、伊賀平内左衛門家長《へいないざえもんいえなが》と共に、鎧《よろい》を二着ずつ着て入水した。

これを見た平家の兵もこれにならって海に沈んだ。

投げられて、海上にただよう紅白の旗もむなしく、「竜田河《たつたがは》の紅葉葉《もみぢば》を嵐《あらし》の吹きちらしたるがごとし。みぎはに寄する白浪《しらなみ》も薄紅《うすぐれなゐ》にぞなりにける。主もなきむなしき舟は、塩にひかれ、風にしたがッて、いづくをさすともなくゆられゆくこそ悲しけれ」とある。

戦いは終った。

内大臣宗盛ほか三十八人が生け捕りにされ、また、自ら降った数人の兵もあった。女房も、女院ほか四十三人が捕らえられた。

元暦《げんりゃく》二年四月三日、義経は源八広綱《げんぱちひろつな》に命じて、院御所へ戦いの経過を奏聞《そうもん》させた。院ではこの吉報を狂喜して騒がぬものはなかった。

四月二十五日、神璽《しんじ》の御箱が太政官の政庁へとどくが、宝剣《ほうけん》はなくなっていた。曲玉《まがたま》、鏡だけの神璽が、海上に浮かぶのを、片岡太郎経春《つねはる》がとりあげたものという。

能登殿最期《のとどのさいご》

一門大路被渡《いちもんおおじわたされ》

剣　けん

剣は失われた。ある陰陽師の博士は、

「むかし出雲《いずも》の国、簸河上《ひのかわかみ》で素戔烏尊《すさのおのみこと》にきりころされて、奪われた霊剣をおしんだ大蛇が、八つの頭、八つの尾のしるしとして、人王《にんおう》八十代の後、八歳の帝《てい》となって霊剣を奪いかえして海に沈まれたのだろう」

とのべた。

鏡　かがみ

四月二十八日、鎌倉の兵衛佐頼朝《ひょうえのすけよりとも》は特進して、従二位になった。

神鏡を安置する所の温明殿《うんめいでん》へ主上《しゅしょう》（後鳥羽天皇）が行幸になり、弓立《ゆだち》、宮人《みやびと》という神楽《かぐら》の秘曲が演奏されて、頼朝の昇進が祝われた。

剣といい、鏡といい神話の世界よりつたわる神器である。

一門大路被渡　いちもんおおじわたされ

平家に囚われの身となっておられた、二の宮（守貞親王）が西国より帰られるというので、後白河法皇からお迎えの車が出されるなど、宮中の人々はみなその御帰京を喜ばれた。

一方ではその反対に、元暦二年四月二十六日、平宗盛、清宗、平大納言時忠卿など平家一門の囚われ人は、かつて栄華を誇った都へ捕虜として護送された。

都の者はもちろん、遠近を問わず近隣近在から、よくもこれほど人がいると思うほどの大勢が見物に押し寄せた。平家が都を後にしてから、およそ一年ばかりになるだろうか、人々は平家の権勢の程を忘れてはいないから、その変り果てた様子に驚かぬものはなく、昔の恩義を思い出して、その哀れさに涙を流すものも少なくなかった。

その道すがら、昔、平宗盛の舎人《とねり》であった三郎丸という男が「お赦《ゆる》しを願って大臣殿の最後の御車にお仕えしたいと存じます」と申しでた。

三郎丸はこれをゆるされ、持参の縄を牛につけ「涙にくれてゆくさきも見えねども、袖をかほにおしあてて、牛のゆくにまかせつつ、泣く泣く」ひいていったという。

文之沙汰　ふみのさた

都の判官《ほうがん》（義経）の宿所の近くに、平大納言時忠《ときただ》卿父子が住んでいた。

敗者としての自分の行く末は、判官の意のままだとしても、焼き捨てるべき文の一箱を判官に没収されたのは、いかにも心のこりだ、もしあの文箱が頼朝の手にはいったら、また多くの人命が失われることにもなりかねぬ、なんとか取り返す手だてはないものかと悩んでいた。

子息の讃岐中将の言うには、

「判官は情け深い方で、女房どもの訴えをよく聞き入れてくださるという話。こちらには姫君もたくさんあることだから、だれかその中の一人をまず差しだし、そのあとで、その娘に文箱のことを切り出させてはいかがなものか」

というのだった。時忠は、

「わたしが時めいていたころは、女御《にょうご》にも、后にもしようと思っていた娘たちなのに、並の人間に見せるようなことになろうとは思わなかった」

と、嘆かれるので、そんな悠長なことを言っている場合ではない、

「いまの北の方の娘御の十八になられる方ではどうか」

と言う。思案の後、先妻に生まれた姫君の二十三になられる方をさしだすことにした。この姫御も美しい方だったので、判官には河越太郎重頼《しげより》の娘という本妻があったが、その姫も別の所へ住まわせて厚くもてなした。やがて、姫はれいの文箱のことを申し出たところ、判官は封も切らずに返してくれたので、時忠はすぐに燃やしてしまったという。その文の束にどのようなことが書かれていたか、今は知るよしもない。

都はようやくしずまり、天下は判官のような方の思うままになってほしいものだと噂された。

源二位《げんにい》頼朝はこの噂をもれきくことになる。のちの梶原景時の讒言《ざんげん》もさることながら、頼朝が、弟の義経を、疑うようになるのは、まさしく文《ふみ》の沙汰《さた》による噂が遠因であったと思われた。

副将被斬《ふくしょうきられ》

囚われた人々の中に、愛称を「副将」とよばれる童子があった。まだ八歳、宗盛の子で、母はこの子を産むとすぐに亡くなったため、宗盛が離さず育て、三歳で元服させて義宗《よしむね》とし戦場にさえつれて行くほどにかわいがった。

しかし囚われの身となっては父子の対面もままならなかったのだが、義経のはからいにより、副将義宗をあずかった河越太郎重房の手によって、つかのまの父子対面ができた。しかし宗盛とともに鎌倉まで行かせることもならず、重房は副将を六条河原まで案内した上、泣く泣く斬った。

つきそった二人の女房は副将の首をもらいうけ、後にその首とともに桂川に身を投げた。

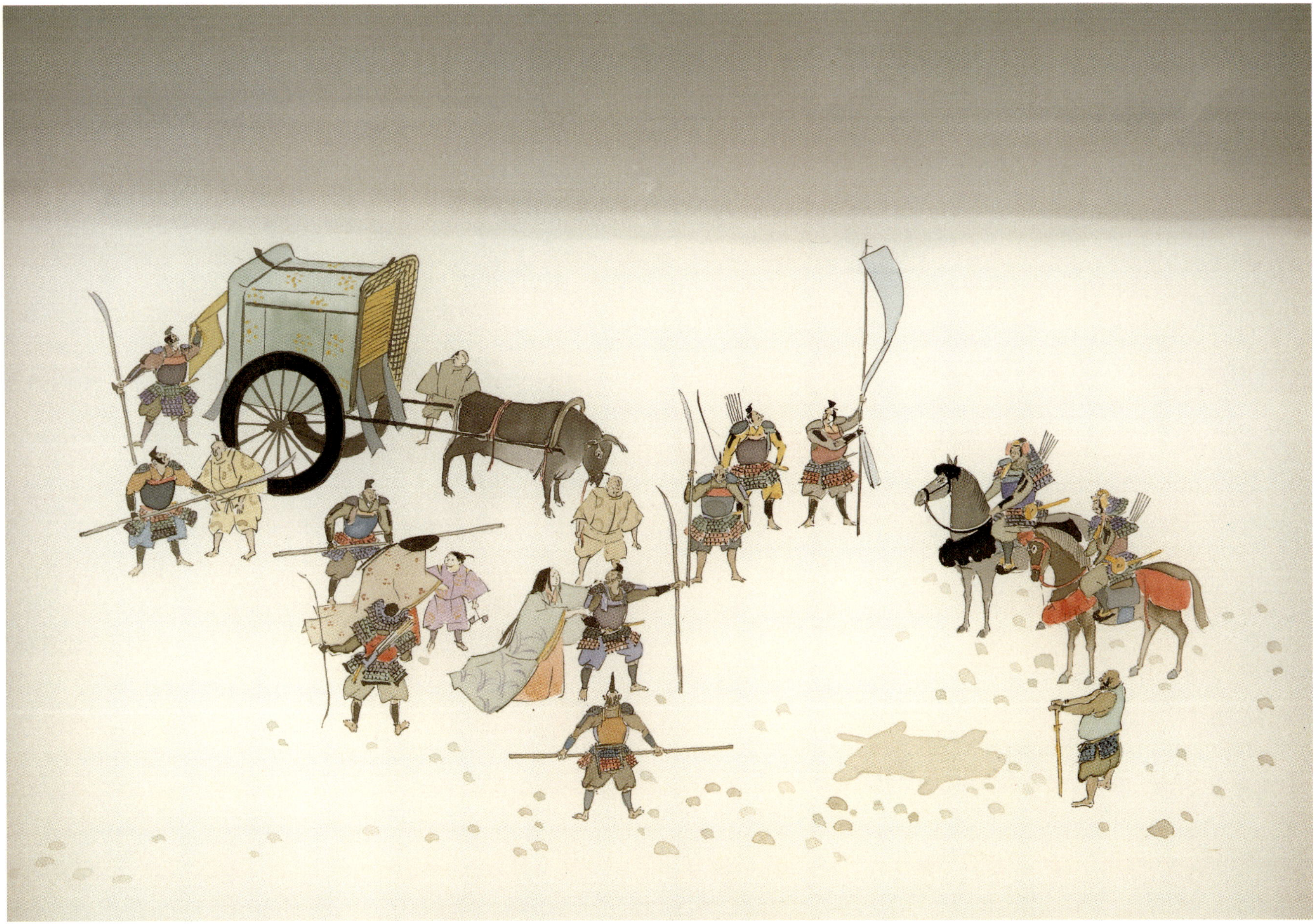

副将被斬

ふくしょうきられ

腰越《こしごえ》

腰越　こしごえ

義経は宗盛とその子清宗を連れて鎌倉へむかった。鎌倉へつけば命はないかも知れぬと嘆く宗盛を慰め、

「たとえ遠い島へ流されるようなことはあっても、命までもということはありますまい。もしそのようなときは義経の勲功の賞に代えてでも命はおたすけいたします」

と言うのだったが、ひと足先に鎌倉へ着いていた梶原景時は「こんどの敵は九郎判官にちがいありません、かくかくしかじかの証拠があります」と讒訴《ざんそ》していた。

これを聞いた頼朝はもっともなことだと思い、金洗沢《かねあらいざわ》に関所を設け、そこで宗盛父子をうけとり、判官義経は鎌倉に入れずに腰越まで追い返した。あまりのことに驚いた義経は、泣く泣く身の潔白を訴える書状を書いた。

「源義経恐《おそれ》ながら申し上げ候

（にはじまり、自分の来し方を省みて、涙ながらに書き綴った名文。ここでは略す）

　元暦二年六月五日　　源義経

　進上因幡守《いなばのかみ》殿へ」

と、したためた。しかし頼朝に直接出すのではなく、宛先は因幡守の大江広元《おおえのひろもと》（いわば秘書室長へ宛てたようなもの）。この書状は別名「腰越状」の名で語りつがれることになる。

大臣殿被斬　おおいとのきられ

鎌倉殿《どの》は大臣殿《おおいとの》宗盛をよびだし、簾《すだれ》ごしに見られ、

「むかし、池殿の尼御前がどんなにとりなされても、故入道殿のおゆるしがなかったら、わたしも命のない身だった。それを流罪《るざい》にとどめられたのは入道殿の御恩だ。平家の討伐は勅命があってのこと、いまはこうしてお目にかかれたのはうれしいことです」

と、比企藤四郎能員《ひきのとうしろうよしかず》を介して申された。

その場には、むかし平家に仕えたものもいた。頼朝に頭を下げる宗盛をさげすむものもあれば、いたわしく思うものもあったという。

一方、義経は頼朝に会うことも、その信頼をとり戻すこともできず、早く京へのぼれと、言い捨てられるだけだった。

六月九日のこと、判官《ほうがん》は大臣宗盛父子をつれて、都へ帰ることになる。

宗盛は道すがら、いつどこで斬られることやらと、生きた心地もない毎日だったが、ようやく都も近い、近江国篠原まで来たところで、判官の情けあるはからいで招かれていた、本性房湛豪《ほんしょうぼうたんごう》という聖《ひじり》から末期《まつご》の心を慰めてもらうこともできた。

昨日まで一緒だった父子はそこで離され、別々の身となる。

覚悟をきめた宗盛ではあったが、

「いよいよ今日が最期《さいご》なのか、右衛門督《うえもんのかみ》はどこへやられたのか、たとえ首はおちてもむくろはひとつと願い、十七年が間、片時も離れることはなかったし、壇の浦に沈まなかったのも、あの子ゆえであったものを」

と嘆かれた。やがて西に向かい手を合わせ、高声《こうしょう》に念仏を唱えられた。橘右馬允《きつうまのじょう》公長《きんなが》が後ろへまわり、すでに斬らんとしたとき、大臣殿は念仏をやめて「右衛門督もすでにか」と言われた。聖はもとより、いならぶ武士もこれを哀れと思わぬものはなかった。

こうして、大臣宗盛は斬られた。

ついで、右衛門督もおなじように、念仏し、大臣殿の最期のようすは「目出たうましまし候ひつるなり。御心やすうおぼしめされ候へ」といわれて、安堵《あんど》の涙を流された。この方は堀弥太郎によって手を下された。

父子の首は、検非違使の手に渡され、獄門にかけられた。三位以上の人が獄門にかけられる例はこれまでなく、この平家の処刑がはじめてのことであった。

重衡被斬　しげひらのきられ

本三位中将重衡《しげひら》は伊豆の狩野介宗茂《かののすけむねもち》にあずけられていたが、奈良の大衆《だいしゅ》がしきりに渡すように催促するので、頼朝はついに重衡を奈良へ行かせることにした。
道は山科《やましな》から醍醐路《だいごじ》を通るので日野が近い。そこは重衡の北の方が壇の浦から逃げてこられ、密かに隠れ住んでおられるところだった。（北の方というのは、鳥飼中納言伊実《とりかいのちゅうなごんこれざね》の娘、五条大納言邦綱《くにつな》卿の養子——養子というのは疑問で娘が正しいという説がある——で、日野では姉、つまり邦綱の娘の家へ身を寄せている）。
重衡はこの世の最後の思いでに、女房に一目あわせてもらいたいと申し出たところ、守護の武士たちはそれを許した。
重衡は北の方の住いを訪ね、最後の別れを惜しむ。汚れた衣服を浄衣《じょうえ》にきかえ、髪を噛みきって形見に残し、北の方の差し出す筆をとって歌をかいた。
本三位中将重衡の歌
　せきかねて　泪《なみだ》のかかる　からころも　後《のち》の形見に　ぬぎぞかへぬる
北の方の返歌
　ぬぎかふる　ころももいまは　なにかせん　けふをかぎりの　形見と思へば
二人は、後の世でかならず会おうと固く契って後、引かれて行った。
後に重衡は奈良の河原で斬られることになるが、このとき、以前三位中将に仕えたこと

重衡被斬《しげひらのきられ》

土佐房被斬《とさぼうきられ》

のある侍が駆けつけて別れを惜しむ。重衡に乞われ、そこいらから仏像を探してきて河原の砂の上に立てた。

北の方はむくろをもらいうけ、手をつくして日野へ持ち帰り、墓を建て、自らは尼となって菩提《ぼだい》をとむらわれた。

巻第十二

大地震　だいじしん

平家は亡び、ようやく西国もしずまって、平和が訪れたかに見えるころ、元暦二年七月九日。突如大地震がおこり、たとえば六勝寺《ろくしょうじ》は倒れ、九重の塔は上の六層をふり落し、皇居、人々の家、すべての神社仏閣の崩れる音はいかずちよりもはげしく、まきあがる塵《ちり》は煙のごとく、天は暗く日の光りをかくし、大地はさけて水を湧かせ、磐石《ばんじゃく》は割れて谷へ落ち、山は崩れて河を埋め、海はたぎって浜をひたした。猛火がおこり河をへだてても火は渡り、人々は火の中で念仏を唱えるばかりであった。

法皇は東山の新熊野《いまくまの》権現《ごんげん》に行っておられたが、いそいで六波羅へ帰られた。

平大納言被流　へいだいなごんのながされ

元暦二年九月二十三日、平家の残党で、都へ残っているものはみな地方の国々へつかわすよう、鎌倉から朝廷へ願い出たので、そのようにされた。平大納言時忠《ときただ》は能登国へなど、平家の流れをくむ六人のものたちが、あるいは西海の波の上、あるいは東関《とうかん》の雲のはてへ別れて行き、こののち何時会えるかもしれぬ運命となってしまった。

平大納言は吉田におられた建礼門院のもとへ、最後の別れに行かれた。

この平大納言時忠という方は、高倉上皇の外戚であるなどして、往年の人望、繁栄はすばらしく官職としての権威、ふるまいも思うままであった。また、この方が検非違使《けびいし》であったころの職務執行も非情なまでに厳しかったため、人の恨みを買うほどであった。また、さきにも書いたように判官義経《ほうがんよしつね》との関係もあることから、法皇も何かの手だてはないものかと考えられはしたが、時忠の悪業を思えばとりなす気にもなれなかったという。

時忠は、妻子にも別れ、むかしはその名を聞くだけだった越路《こしじ》への旅に発った。

土佐房被斬　とさぼうきられ

すぐる平家討伐のとき、義経の働きほどめざましいものはなく、本来は論功行賞が行われてもいいはずなのに、義経に対する頼朝の嫌疑《けんぎ》はなんとしたことか、と不思議に思わぬものはなく、あれは梶原景時の讒訴《ざんそ》によるものだとの噂がたった。

義経謀反の疑いが晴れぬ頼朝は、土佐房昌俊《とさぼうしょうしゅん》に謀って、義経を討つことを命じた。

義経の前に出た土佐房は、頼朝からの手紙はなく、口頭で「都にこれといった事件が起らぬのは判官義経殿《ほうがんよしつねどの》がおられるためだ、とよろしく伝えよとのことでした」と言った。

しかし、その心底はすでに見すかされ、武蔵房《むさしぼう》弁慶につかまった土佐房は、起請文《きしょうもん》を書いて謀の意志のないことを誓って釈放される。ある日、（判官の愛人であった）静御前《しずかごぜん》が、「都大路はみな武者です、あれはどうしたことか」と言う。ためしに召使をやって様子を見に行かせたが帰ってこない。また他の者を見に行かせたところ走って帰ってきた。召使は斬りふせられ、大幕《おおまく》のうちは武装した兵でいっぱいです、と言う。

事情を察知した義経は静に手伝わせ、いそいで鎧《よろい》、兜《かぶと》をつけ、馬に乗って中門の前に待機した。はたせるかな土佐房は四、五十騎を率いて義経の陣へ夜討ちをかけ、門前で鬨《とき》の声を上げた。構えて待った義経は突如門をあけさせ単騎でうって出る。

聞き伝えた義経の味方、つまり江田源三《えだのげんぞう》、熊井太郎、武蔵房弁慶など一騎当千のつわものどもが駆けつけて義経の味方は一挙に増え、彼等は縦横に暴れまわった。

土佐房は、義経の庭ともいうべき鞍馬の山へ逃げこんだため、難なく捕らえられたが、最後まで頼朝に対する忠誠を守り、いかにも潔く六条河原で斬られた。

判官都落　ほうがんのみやこおち

足立新三郎という雑色《ざっしき》（雑役をつとめる者）がある。意外に役だつ男だから召使にでもせよ、という頼朝の薦《すす》めで義経のもとで働いていた。じつは密偵であったから、男は土佐《とさ》房《ぼう》の斬られたことを、夜を日についで駆け通し、鎌倉に知らせた。

頼朝は、即座に、舎弟《しゃてい》三河守範頼《みかわのかみのりより》に義経追討を命じられた。範頼は堅く辞退したが許されぬため、しかたなく物具《もののぐ》をつけて上洛の挨拶に出向いたところ、頼朝から「おまえも義経のまねをし給うなよ」といわれた。範頼はこの言葉におそれて自ら武装を解き、起請文をかいて恭順の意をあらわすのだったが、頼朝の嫌疑は晴れず、ついに討たれてしまった。

九州に緒方三郎維義《これよし》という者があった。平家を九州へいれなかったほどの威勢をもっていたので、義経はこれに自分の身を預かってもらえないか、と頼み、維義は義経のもとにいる菊池二郎高直《たかなお》は宿敵なので、その命と引き替えに義経の頼みを聞こう、と言った。そ

判官都落《ほうがんのみやこおち》

六代《ろくだい》

の条件は叶えられ、維義は菊池を斬り、その後は義経のためにつくした。

頼朝による義経追討の兵は、次第に京に迫る。義経はこれが京の騒ぎとなってはよくないと考え、文治元年十一月二日、院の御所へ伺って「鎮西の者は、義経を大将としてその命にしたがうべし」という旨の御下文《おんくだしぶみ》をいただき、その勢五百騎ばかりで落ちて行った。

行く先は九州の味方を頼ってのことだったが、早くも頼朝に従うことが身のためと思う者も多く、たとえば摂津国源氏《つのくにげんじ》の太田《おおだの》太郎頼基《よりもと》は義経が自分の領地を通るとき、矢一つなりとも射かけんものと、兵を構え川原津《かわらつ》というところに陣どったが、義経は苦もなくけちらして通った。

このように、門出はよかったが、大物《だいもつ》の浦から船に乗ったところ、思いもかけぬ嵐となり、船はそれぞれ住吉の浦へ打ち上げられ、十余人の女房や、味方の軍勢とも離れ離れになった。義経は弁慶など腹心の部下だけをつれて、もはや東国をさして落ちる他なかった。

京へ着いた鎌倉の軍の一行は、義経追討の院宣をもらう。じつに朝令暮改《ちょうれいぼかい》で、世はすこしも定まらなかった。

あの大物浦の嵐は平家の怨霊《おんりょう》のしわざだとうわさされた。

吉田大納言沙汰　よしだだいなごんのさた

「無量義経」は、法華経の一つの名で、「むりょうぎきょう」と読み、源義経の無量というような意味はない。

しかし、この経文の中に「朝廷の怨敵《おんてき》を滅ぼした者には、褒賞《ほうしょう》として国の半分をとらせる」と書いてあるというのである。ただし、まだそのような実例は一度もない。

ところが、鎌倉殿《どの》が、日本国の惣追捕使《そうついぶし》つまり、守護の責任者になられたため、朝廷にたいして「以後は、反別《たんべつ》に兵糧米《ひょうろうまい》を割り当てるようにしたい」と申しでた。それは分に過ぎる言い方だ、と批判する者もあったが結局、頼朝の願い通りに、諸国に地頭《じとう》をおき、猫のひたいほどの土地もかくれようがないほどに国を管理した。

このことは、吉田大納言経房卿《つねふさのきょう》を通じて奏聞《そうもん》された。

この経房は、誰一人悪く言う者もないほどに実直で表裏のない人だったので、昇進も早く正二位大納言までになられた。説得力のある人だったのであろう。

六代　ろくだい

北条四郎時政《ときまさ》は、

「平家の子孫と言われる人を探しだした者には、望みどおりの褒賞を与える」

というおふれをだした。

平家に関係はなくても、色白で気品もあると見えさえすれば「これはしかじかの中将の若君」などと、訴え出るものが少なくない。すると、その子が捕らえられるばかりでなく、家族の者にまで嫌疑《けんぎ》がかかる。しかたなく罪もない子を水に入れたり、土に埋めたりするものがでるほどになった。

そんなとき、時政のもとへ、

「これより西、大覚寺と申す山寺の北、菖蒲谷《しょうぶだに》と申すところに、小松三位中将維盛《これもり》卿の北の方、若君、姫君が忍んでおられます」

と訴え出るものがあった。

その年十二歳になられる若君、つまり六代御前《ごぜん》は捕らえられた。そのとき母君は、着物を着換えさせ、髪をといてやり「念仏申して極楽へまいられよ」とただ泣くばかりであった。

ところが、ある人が、

「文覚上人《もんがくしょうにん》という聖《ひじり》が、高雄の山寺にある。鎌倉殿《どの》には大切に思われている方で、日頃から、由緒ある人の子を弟子にしたいと言っておられる」

という耳寄りな話を持ってきた。それが、嘘か、まことかはともかく、高雄の聖、文覚上人にたのんで六代の助命を乞いたいものだ、ということになった。

こころよくひきうけた聖は時政に、六代の処置に二十日間の猶予を頼んで鎌倉へ上った。

泊瀬六代《はせろくだい》

文覚の鎌倉での折衝は思いのほか時間がかかったが、ともかく助命嘆願は成功し、聖は急いでとってかえす。

元暦二年十二月十六日のこと。北条四郎時政は、二十日の期限もすぎたのでいまは斬るほかないと考え、若君をつれて都を発った。斎藤五、斎藤六の供人《ともびと》二人は「どこまでも若君の命を見とどけます」と言って涙にくれながら、あとを追った。

六代は駿河国、千本の松原というところまで引かれて行った。六代にとっては、その地が最期《さいご》の場所かと思われた。

平家の囚われ人とはいっても、ながく旅を共にし、いつしか心もかよう六代だったから、北条四郎もむげに若君を斬るに忍びないため、平家のなりゆき、若君のこしかたを、自分に言い聞かせるかのように泣く泣く話し、六代に決別の覚悟をあたえようとしていた。まさにその場へ文覚が駆けつけ、劇的に六代の命が助かる。

六代被斬《ろくだいきられ》

大原入《おおはらいり》

六代被斬　ろくだいきられ

六代の助命は成功し、歳も十四、五になられ、ますます美しい若者になられた。

頼朝は、

「さても維盛《これもり》卿の御子息はどうしておられるか。もしや恥をそそごうと考えるようなことはあるまいな」

と、度々文覚上人《もんがくしょうにん》に聞いてきた。文覚は、決してそんなことはないと答えるが、

「謀反《むほん》者が出れば、すぐにでも荷担しそうな文覚の言うことはあてにならぬ。今はいいが、子孫の代になったら何がおこるかわからない」

と言われるので、これは一日もはやく出家したほうがよかろうということになり、その頃十六歳になられた文治五年の春、六代の君は出家して高野山への旅に発たれた。

建久三年三月十三日、法皇が崩御された。六十六歳であった。そのため六年三月十三日に大仏供養があることになり、鎌倉殿《どの》はまた上洛なさったが、そのとき怪しい者を見たので、連れて参れと梶原源太に命じられた。

その男は平家の侍、薩摩中務《さつまのなかつかさ》家資《いえすけ》という者だったが、たちまち六条河原で斬られた。このように、少しでも平家に縁をもち、謀反の種となりそうな者はことごとく処分するという、あまりに猜疑心《さいぎしん》の強い頼朝だったから、出家し三十歳近くになった三位禅師《さんみのぜんじ》（六代）さえも許さず、やがて捕らえて相模国田越川《たごえがわ》のあたりで斬った。

平家の子孫はこうして永く絶えた。

頼朝は五十三歳でなくなった。文覚《もんがく》は謀反をおこしたが、たちまち発覚して捕らえられ、隠岐国《おきのくに》へ流されたという。

灌頂巻

女院出家　にょういんしゅっけ

文治《ぶんじ》元年五月一日、建礼門院は東山の麓《ふもと》、吉田のあたりの僧坊へおはいりになった。昔は玉の台《うてな》、錦の帳《とばり》の中で暮らしておられたのに、今は草ふかく、風雨もしのげそうにないあばらやである。

同じ日に、建礼門院は髪をおろされた。戒を授けられるのは長楽寺の阿証房《あしょうぼう》の上人印西《しょうにんいんせい》が当った。

女院は先帝の御直衣《おんのうし》を形見にと、西国よりここまで、離さずに持っておられたものを、御布施《おふせ》として差しだされた。上人は泣く泣くそれをいただき、御衣《ぎょい》を幡《はた》に縫いなおして仏前に下げたという。

女院ははじめ徳子といった。十六歳のおり、皇后になられ、高倉天皇の傍らで政《まつりごと》を手伝い寵愛をうけられ、二十二歳のとき皇子、つまり後の安徳天皇をもうけられた。その後、皇子が即位されたので、建礼門院の院号をお受けになった。入道相国の御娘である上、天下の国母だったのだから、世に重んじられるのは当然であった。

その年は二十九歳になられ、花にもたとう美しさなのに「翡翠《ひすい》のかんざしも何になろう」と、今は出家なされたのだった。

女院に仕えていた女房たちもみんな尼の姿になって隠れ住んでおられるようすだが、格別訪ねてくる人もないままに秋もふかまり、野も僧坊も荒れるばかりであった。

大原入　おおはらいり

寂しい場所だったが、冷泉《れいぜい》大納言隆房《たかふさ》卿と七条修理大夫信隆《しつじょうのしゅりのだいぶのぶたか》卿の北の方（二人ともに清盛の娘、女院の妹たち）は、人目をしのびながらよく訪ねてこられた。

ある日、ある女房がきて「大原山《おほはらやま》のおく、寂光院《じやくくわうゐん》と申す所こそ閑《しづか》にさぶらへ」と言った。

文治元年九月の末、その寂光院へはいられた。その道すがらに見る、山かげの日ぐれは早く、寺の鐘、露のしげみにすだく虫の声もたえだえに、霜枯れる草花の、文字どおり寂光の住いは、わが身の上にさもにつかわしい、と言われたという。

大原御幸　おおはらごこう

文治二年のこと、後白河法皇は一度、寂光院《じゃっこういん》を訪ねたいと思われていたが、二月三月はまだ風もつよく寒さもきびしい。そのうち春がすぎ夏になったので、供をつれ夜明けを待って大原の奥へ御幸になった。おむかえした尼は、法皇の御存知のはずの者ばかりだったが、みな思い出してもらえぬほどのかわりようで、

「わたしは故少納言信西《しんせい》の娘、阿波《あわ》の内侍《ないし》と申したものです。以前はあんなに御寵愛をいただきましたのに、お忘れになるほどとは、いかにも時の過ぎ方の早いことでございます」

と、泣くのだった。

女院は花を摘みに行って留守だったが、しばらくして、上の山より、墨染《すみぞ》めの衣を着た

大原御幸《おおはらごこう》

女院死去《にょういんしきょ》

尼が二人降りてくるのが見えた。

老尼が涙をおさえて、

「花籠を肘《ひじ》にかけ、岩つつじを持っておられるのが女院にて、薪《たきぎ》に蕨《わらび》を折り添えておられるのは、鳥飼《とりかい》の中納言伊実《これざね》の娘で、五条の大納言邦綱《くにつな》卿の養女となり、先帝の御乳母として仕えた大納言佐《だいなごんのすけ》です」

と申しあげた。

やがて、降りてこられた女院が法皇と目を合わせる。二人は互いに言葉をうしない、ただ立ちつくされるばかりであった。

六道之沙汰《ろくどうのさた》

老尼は女院《にょういん》に向かって、
「世をしのぶ姿になんのさしつかえがありましょう」といえば、ややあって庵室《あんしつ》にはいられた。二人が交わされた悲しくもなつかしい、こしかたの話は、いつまでも尽きることがなかった。
建礼門院の歌
いざさらば　なみだくらべん　時鳥《ほととぎす》　われもうき世に　ねをのみぞ鳴く

女院死去《にょういんしきょ》

年月がたち、建久二年二月半ば、建礼門院もこの世を去った。

（異本もあり、それによれば建保元年十二月十三日、五十七歳だったということである。）

法皇がたずねてこられた折り、

「『この国は粟散辺土《そくさんへんど》とて、心憂きところですから、極楽浄土というめでたきところへ具し参らせましょう』といって、帝と共に海に入りましたのに」

と、涙ながらの話をされたものだったが、いまは建礼門院も帝のあとを追われたことになる。

物語は終る。

おごれる人も久しからず、すべては過ぎし日の夢となった。

完

総目次

『平家物語』とわたし——あとがきにかえて

安野光雅

わたしがはじめて『平家物語』に出会ったのは、こどものころ修学旅行で厳島神社へ行ったときのことなのだが、そのときは厳島と平家の関係などはまったく知らなかった。すると、小学唱歌「青葉の笛」を覚えた頃のことになるかも知れない。

青葉の笛

一の谷の　軍《いくさ》破れ／討たれし平家の　公達《きんだち》あわれ
暁《あかつき》寒き　須磨の嵐に／聞えしはこれか　青葉の笛
更《ふ》くる夜半《よわ》に　門《かど》を敲《たた》き／わが師に託せし　言《こと》の葉《は》あわれ
今わの際《きわ》まで　持ちし箙《えびら》に／残れるは「花や　今宵」の歌

正確を期すために調べてみたら、この歌は、明治三十九年の『尋常小学唱歌』（大和田建樹作詞、田村虎蔵作曲）に「敦盛と忠度」という曲名で発表され、「可憐の情を以て」歌うようにと、註がついている。言われなくても、短調のこの歌を歌えば、こども心にも哀悼の情にさそわれたものだが、その歌詞の物語るところは何もわかりはしなかった。

一の谷は破れ、出ていく船に乗り遅れた若武者が一人渚を駆けて行く、これに追いすがった熊谷が大音声《おんじょう》で、名を名乗れと呼びかければ、「さては、なんぢにあうてはなのるまじいぞ。なんぢがためにはよい敵ぞ。名のらずとも頸をと（ッ）て人に問へ。見知らうずるぞ」と答えた。「なさけなうもうち奉るものかな」と首をとってみれば錦の袋に入れた笛を腰にさした若武者である。

「あないとほし。この暁城《じやう》のうちにて管絃し給ひつるは、此人々にておはしけり。当時みかたに東国の勢何万騎かあるらめども、いくさの陣へ笛もつ人はよもあらじ」と、その笛を人に見せければ、涙を流さぬ人はなかったという。「後に聞けば、修理大夫経盛《つねもり》の子息に大夫敦盛《あつもり》とて、生年十七にぞなられける。それよりしてこそ熊谷が発心の思はすすみけれ。件《くだん》の笛はおほぢ忠盛《ただもり》笛の上手にて、鳥羽院より給はられたりけるとぞきこえし。経盛相伝せられたりしを、敦盛器量たるによ（ッ）て、もたれたりけるとかや。名をば小枝《さえだ》（青葉の笛のこと）とぞ申しける」とある。

以前、NHKテレビが大河ドラマ『平家物語』を制作したとき、ディレクターは畏友《いゆう》吉田直哉で、この敦盛に扮したのは、そのころ「高校三年生」の歌で大ヒットをだした、紅顔の舟木一夫だった。物語は進んで、一の谷の場となり、敦盛の首がとられるときがくる。すると、女子高生から助命嘆願がはじまり、ついには「よくも敦盛を殺したな、覚えていろ」と、安全剃刀《かみそり》の刃を封入した、聞きわけのない手紙がいくつも届いたという。

この一の谷の戦いの折り、薩摩守忠度《さつまのかみただのり》も斬られた。「今わの際まで　持ちし箙に」

行き暮れて　木の下陰を　宿とせば　花や今宵の　主《あるじ》ならまし

と書き残した歌人である。

堀田善衛が書いた『定家明月記私抄』の冒頭に、

「世上乱逆追討耳ニ満ツト雖《イヘド》モ、之ヲ注セズ。紅《コウ》旗《キ》征戎《セイジュウ》吾ガ事ニ非ズ」（紅旗とは、朝廷の威風のしるしの旗、征戎とは、中国における蛮族を討つこと）

という藤原定家の言葉がでてくる。堀田善衛はあの戦争中の、いつ召集されるかわからない時代に、「（当時の朝廷を軸にした源平の）戦争など、俺の知ったことではない」と言ってのける定家の言葉に愕然《がくぜん》とし、相当の衝撃をうけたという。幸か不幸か、わたしはこの言葉を知らなかった。

定家は、忠度が歌を託した『千載集』の選者、藤原俊成の子で、当時十九歳である。『明月記』は治承四年に書きはじめられたらしいが、当時がどんな年であったか、『定家明月記私抄』の中から引用させていただくことにしよう。

「源頼政《よりまさ》が以仁王《もちひとおう》を奉じて平家追討のために立ち上り、平氏の軍と宇治川で戦って敗れ平等院で自決をし、その首を上皇が清盛邸まで出掛けて行って見物をしたり、また福原遷都のことがあったりしたとしても、爾後《じご》のことに比べれば、平氏の悪政はきわまれりとは言えても、まだまだそれほどに差し迫った乱世とは言い難いのである」

そのような状況の中で、「紅旗征戎吾ガ事ニ非ズ」と言ってのけるとは、後のわれわれにはとてもできないことであった。

定家は、父俊成が元久元年十一月二十六日危篤《きとく》におちいり、十一月三十日、九十一歳で亡くなったことを記している。元久元年は、建仁四年、西暦一二〇四年のことで、この年、定家は計算上四十三歳ということになる。この五年前に頼朝がなくなり、「平家物語年表」によれば十三年前に建礼門院が亡くなる。定家はほとんど『平家物語』と同時代を、一種の反逆児として生きたことになる。

『平家物語』は当然史実そのままではなく、適当にフィクションが織り混ぜてあるが、歌人の創った歌は、その内容がフィクションということはあっても、少なくとも歌を創ったその人が実在したということは知られる。逆に定家は『平家物語』の状況がフィクションばかりではないことを証明しているような意味がある。

一の谷の城は、頼朝が、義経たちに義仲を討たせていた、いわば内戦の合間に、平家方が福原に帰り、安徳天皇を奉じて一の谷に構えた最後の城である。東の城戸口は生田の森、西の城戸口は一の谷であった。

生田の前は海で神戸港、当時の宋との貿易港で海上交通の便がよかった。そこから福原、和田岬を経て須磨、一の谷へ至る。この一帯は、昨年（一九九五年一月十七日）のあの阪神大震災の被災地である。『平家物語』にも巻第十二に大地震の章があり、一一八五年七月九日、天地を震わせたとある。この記述がいかにも被災の痛みを表していると思い、この本にもその部分を掲げた。

わたしはこどものころ、兵庫区の和田神社の近くで一夏を過ごしたことがあり、和田岬や、須磨、六甲、湊川などは思い出の地名である。

　昔の時は帰らない。しかし、故郷という空間へ帰ることによって、時間をさかのぼった感にふけるか、もしくは昔に帰ったと同じことだと考えてみることができるが、このことを体験なさった方は少なくないと思う。

　七百年近くも前の『平家物語』へ、時間をさかのぼることはできないが、その旧跡を訪ねれば、むかしの時間も帰ってくると考えられるかも知れぬ。その意味で、この繪本を描くにあたっては、京都や、壇の浦はもちろん太宰府も、屋島も倶梨迦羅谷も、『平家物語』に出てくるほとんどの場所を踏査した。たとえば六波羅などはあの清盛像のほかまったく昔のおもかげもないが、しかし、そこに立てばなにほどかの感慨はわき起こるのである。「地霊というものが本当にあるのだろうか」という人がある。私は信じないが、地霊というものがあって、それがわたしに感慨や情景をもたらすのだ、と言ってしまうほうがわかりいいかもしれない。そこに立つ者の思い入れということもあって、旧跡まで行けば、地霊の有無にかかわらず、平家の情景を思い描くことが楽になる。

　一の谷へも行った。そこの街道は狭い。後ろは山、前は海。山陽道と、それに並行した山陽本線をとれば、もう空き地はなく、道の山側にわずか一列の家や店が並ぶだけで、どこに城を築いたかわからないほどである。つまり、攻め込むべき東西の入り口は狭く、先陣をとろうとすれば、打ち寄せる波の中を行かねばならぬことになる。

　このとき、奇襲戦法に長《た》けた義経は背後の鵯越《ひよどりごえ》にまわり、道なき道を通って一の谷の裏に現れ、無謀と言っていい坂落としの挙にでる。絶壁同然の裏山から敵が現れるとは思っても見なかった平家にとって、にわかに湧いた三千余騎のおたけびは、こだまして十万余騎の襲来かと見えたという。やがて館、仮屋のあちこちから火が出、頼みとした城塞も猛火につつまれる。

　わたしは見たことがある。大火は、いかにも噴煙のように黒雲をまき上げ、つぎつぎと炎が生まれ、その中を火の子がはじけとんで四散する。地獄とはこのようなものかもしれぬ、この火の下には生きているものは何もないと思われ、それを見たときは、体が震え、胸がどきどきと騒ぎはじめたものであった。

　算を乱した平家の軍兵は、先を争って海にでたが、逃げる兵士で定員を越えた大船がすでに三艘も沈んでいた。残る船には限りがある。この上は「よき人をば乗すとも、雑人共をば乗すべからず」と、無理に乗ろうとするものは太刀長刀で、なぎたおされ、それでも船にすがりつくものは腕をうち斬って船をださねばならなかった。一の谷の渚には、むしろ味方に斬られた屍が並んだ。

「軍《いくさ》破れ」とはこのような場面をいうのである。

「初霜」救助艇ニ拾ワレタル砲術士、洩ラシテ言ウ――

　救助艇　忽《タチマ》チニ漂流者ヲ満載、ナオモ追加スル一方ニテ、危険状態ニ陥ル　更ニ収拾セバ転覆避ケ難ク、全員空シク海ノ藻屑《モクズ》トナラン　シカモ船べリニカカル手ハイヨイヨ多ク、ソノ力激シク、艇ノ傾斜、放置ヲ許サザル状況ニ至ル

　ココニ艇指揮オヨビ乗組下士官、用意ノ日本刀ノ鞘《サヤ》ヲ払イ、犇《ヒシ》メク腕ヲ、手首ヨリバッ

サ、バッサト斬リ捨テ、マタハ足蹴ニカケテ突キ落トス　セメテ、スデニ救助艇ニアル者ヲ救ワントノ苦肉ノ策ナルモ、斬ラルルヤ敢エナクノケゾッテ堕チユク、ソノ顔、ソノ眼光、瞼ヨリ終生消エ難カラン

剣ヲ揮ウ身モ、顔面蒼白、脂汗滴リ　喘ギツツ船ベリヲ走リ廻ル　今生ノ地獄絵ナリ——

これは『戦艦大和ノ最期』（吉田満著）の救出消息の章からの抜粋である。

敦盛は討たれ、歌人忠度も斬られた。また、小松殿の末子、備中守師盛《もろもり》、越前守通盛《みちもり》卿も討たれ、死者の数は二千余人にのぼった。三位中将重衡《しげひら》は生きながら捕らえられ、残る平家は辛うじて海へ逃れたが、落ち行くさきは、屋島の他になかった。

一の谷が陥ちたのは、一一八四年の二月七日のことだったが、しばらく時間を置いて、その年の暮れ、三河守範頼《のりより》による藤戸の攻撃を皮きりに屋島の戦いがはじまるが、範頼の戦果が思わしくないので、義経に屋島出撃の命令がくだる。

例によって、義経の奇襲につぐ奇襲のため平家は、またしても苦戦を強いられる。

瀬戸内は、沢山の島が浮かび、気候風光ともに優れた平安の海なのだが、同時に軍事的な意味も大きかった。呉は戦艦大和の母港で日本の三大軍港の一つだったし、徳山には海軍燃料廠《しょう》があった。また、柳井は陸軍船舶兵の根拠地であるなど、軍事的要衝《ようしょう》がひしめいていた。

そのころ「本土決戦」という言葉がさかんに使われた。今にして思えば、南方の軍事基地をつぎつぎに失った日本は、最後に本土を戦場にして敵を迎え撃つほかないという意味である。すでに、制空権は失い、弾薬はつき、食糧事情も飢饉《ききん》に近い状況だったのに、だれも戦争に反対することはできなかった。日本人のほとんどは戦況がどんなに悲惨なところまできているか知らなかったのである。

そのころわたしは、あの定家と同じ十九歳で、炭坑で働かされていたとき、軍隊にとられ（一九四五年五月二十日）、平家の雑兵よりもみじめな、一兵卒となった。つれていかれたところは、香川県王越《おうごし》村という所で、瀬戸内の中でも一番海が狭いところだと聞いた。わたしは船舶兵というものだったのである。任務は、上陸用舟艇をあやつって、「瀬戸内の島陰に出没し、本土決戦に備えよ」ということらしい。実情はどうかというと、舟艇はベニヤ板でできていた。その頃、焼きだまエンジンという漁船と同じエンジンを積んでいたが、故障が多く十二艘あった船のなかで、自力で動けるのは二、三艘しかなかった。また、その船はバランスが悪く、いつも後尾に二十箇あまりの沢庵《たくあん》石を積んでいた。銃剣、弾丸などは皆無だったし、食料はさらに惨めで、ご飯のほかは何時もねぎの入ったおすましだった。栄養失調になって腎臓を病み、顔がむくんでくるものが出はじめた。中でもおかしなことだが、炊事班の食事がすごいことは公然の秘密で、だれも不平をいうものはなかった。そんな視点から『平家物語』を読んでいると、彼等の兵糧や衣料はどうしたのか、尽きた矢はどうして補給したか、負傷者はどうしたのか、などと思う。あるいはまた、上官が、初年兵をいじめるということはなかったか、そして兵隊は敵よりも上官を憎むという不幸な現象が、きっとあったと思いはじめるのだった。

わたしたち兵隊は、舟艇秘匿《ひとく》場といって、船を飛行機から見えなくするために、岩穴を掘る重労働が仕事だった。その頃丘の上にあった王越村の小学校が、兵営だった。兵隊は毎日、綿のように疲れ、消灯ラッパを待ちかねて日をくらした。

実はその王越村から、はるかに屋島が見えた。また夜中に、はるか東の夜空を焦がして、噴煙が天に渦巻くのを見た。その雲の中をB29という爆撃機が自由に飛行し、焼夷《しょうい》弾の雨を降らせていた。哀れ高松が焼かれていたのである。さきに大火を見たことがあると書いたのはこのことである。

のちに民谷という人を知った。「わたしはあの火の下にいたのです。塩田の中へ逃げて小さくなっていたのです」と、書いた手紙をくれた。調べてもらったら、高松の炎上は、一九四五年七月四日（水）午前二時五十六分にはじまったという。

そういえば沖縄が戦場になったのは、同年三月から六月にかけてのこと。

戦艦大和が、九州南方の洋上に沈んだのは同年四月七日のこと。

広島に原子爆弾が投下されたのは、同年八月六日。

長崎に原子爆弾が投下されたのは、同年八月九日のことだった。

これらのことは、すべてあとで知ったことで、王越にいたわたしたち兵卒は何も知らなかった。戦艦大和というものがあることさえも知らなかったし、終戦の詔勅が出されたことも、はじめは村の人から教えられた。あの夜つまり、八月十五日の夜、わたしは歩哨《ほしょう》に立たされたが、上官たちは争って兵営の物資を持ち出して歩哨のそばを通り、「お前はそんなところに立っていなくてもいい」などと言った。

この本のために屋島を訪ねたことは、わたしにとって、私の戦場を訪ねたことにもなる。屋島付近には史跡はいくつもあるが、中でも那須与一の扇の的の逸話はよく知られている。

わたしは、与一が、気を静めようとして、むしろ呆然と彼方の扇を見ているところを描いた。原文の、矢があやまたず扇の要を射たあとの描写は、それまでの緊迫した描写にくらべ、とめていた息をほっとついた感じに書かれている。

「鏑は海へ入りければ、扇は空へぞあがりける。しばしは虚空にひらめきけるが、春風に一もみ二もみもまれて、海へさ（ッ）とぞ散（ッ）たりける。夕日のかかやいたるに、みな紅の扇の日いだしたるが、白浪のうへにただよひ、うきぬ沈みぬゆられければ、奥《おき》には平家ふなばたをたたいて感じたり。陸には、源氏箙《えびら》をたたいてどよめきけり」とある。

普通話はこれでまとまるのだが、じつは続きがある。与一の弓に感動した五十歳ばかりの男が、扇の的の跡へ出て舞いはじめた。と、伊勢三郎という男が、「判官の命令だ、あの男を射ろ」と与一の耳にささやいた。判官義経が本当にそう言ったかどうかわからないが、ともかく与一はその男を射落した。敵にも味方にもその矢を恨む声が多かった。

わたしは、なくもがなの記述、聞きたくない話と思っていたが、今は少し気分が変ってきた。この『平家物語』に登場する人物は、みんな裏と表のセット、として書かれているように思うからである。

清盛ほど憎いものはいないと思うと、重盛の死に接した悲しみや、皇子誕生の折りのよろこびようをみて、かれも人間だったか、と思わせられる。

名将義経も、女にだまされて、秘密の文書を失うし、梶原との言い争いも大人げない。頼朝は、征夷大将軍か知らないが、自分は極度な安全地帯にいて、指図だけしている。その上猜疑心の強いことは人並以上であんな人物は好きになれない。

つまり、ほとんどの人物は差引ゼロという感じになっている。実際の世の中の人間像もおよそそんなもので、人間は独裁者でさえも歴史の中に埋没していく。この物語の英雄たちも、しょせん物語という大きな時代の流れの脇役にすぎないと思う。

武田泰淳の『滅亡について』(岩波文庫)のなかに、武田泰淳が鈴木大拙《だいせつ》に「諸行無常の無常とは、常に変り、瞬時も同じことはない、ということではないでしょうか」という意味のことを聞き、そうだと言われて我が意を得るくだりがある。わたしはその意味で「無常」という言葉が好きである。

「おごれる人も久しからず、唯《ただ》春の夜の夢のごとし。

たけき者も遂にはほろびぬ、偏に風の前の塵に同じ」

とはよく言ったものである。

亡びることは、はかない。しかし亡びることは、新しいものを生みだすことでもある。歴史は滅亡と新生の繰り返しなのだから、詠嘆は、心をとりなおすために必要な、浄化の手段なのかもしれない。

わたしたち兵卒は、八月の終りころになってやっと船を漕ぎだし、対岸の鷲羽山《わしゅうざん》の麓へ渡った。そこで、復員のための列車を待ち、九月、曼珠沙華が満開のころ、ようやく両親の疎開先、徳山の里へ行った。徳山は焼けてしまっていた。途中広島も列車の窓から見た。日本全土が焦土だった。なんという無常であろう。明日からどうして生きていけばよいかわからない。こんどこそ絵描きへの道をたどれるかもしれないと、かすかな夢を描きはしたが、まったくそのあてはなかった。

平家は屋島を漕ぎだし、当てもなく西海へ流れていく。海路は、もはや壇の浦が行き止まりである。

ご挨拶――カジュアル版に寄せて

この本の絵は、一九八九年一月から一九九五年十二月まで、講談社の月刊ＰＲ誌「本」に連載し、七年間の連載終了後の一九九六年三月に、新たに書き下ろした文章とともに『繪本平家物語』として出版されました。

連載中、わたしの田舎の津和野に美術館を建てるという話が進行していました。

そのうち連載が終わり、各地のデパートや美術館で原画展が開かれ、たくさんの方々に見ていただきました。最初の展覧会を開いた下関市立美術館は、平家滅亡の壇ノ浦を目の前にし、平家をいたむ「耳なし芳一」の像が祀《まつ》られている赤間神宮がすぐそばにあることも、いまとなっては深い思い出です。

この春、広島市長の秋葉忠利に、会いに行くという人があったので、『繪本 平家物語』の一冊を託しました(全く他意はありません。彼は古くからの友人なのです。これまで贈っていなかったことのお詫びのつもりでした)。すると、「そう、広島は平家だからな」といってくださったそうです。広島といえば、宮島で、まさに平清盛の造営した神社がそこにあるのでした。秋葉忠利は、厳島神社を連想されたのか、それとも、壇ノ浦の平家滅亡と、それにかわる新しい時代を連想されたのかどうかわかりませんが、広島と原爆と壇ノ浦を、わたしたちがイメージの中でむすび合わせても不思議はないでしょう。

五年前、津和野にわたしの美術館が落成し、その二年目にあたる、二〇〇三年三月二十日の記念日には、チェリストの山崎伸子が来て記念演奏会を開いてくださいました。

そのころ、イラク情勢は、日増しに険悪になっていました。アメリカにとって「イラクが大量破壊兵器を保有している」という情報があったけれど、何度査察を繰り返してもそれは出てきませんでした。(査察団の)ブリクス委員長は、それを理由にした武力行使には根拠がない、といいましたが、それでも「大量破壊兵器を保有している」というのが、国連その他の切なる反対を押し切っての、攻撃の唯一の理由でした。

そして、二〇〇三年三月十九日の未明に、突如米英軍のイラク攻撃がはじまったのです。

それは時差の関係で、日本では三月二十日、まさに美術館二周年記念の日で、山崎伸子のチェロ演奏の当日でした。わたしは、その日のことを忘れません。わたしたちはアンコールに、パブロ・カザルスがその昔(一九七一年)、国連での演奏で、「わたしの故郷、カタロニアの鳥はピース、ピースといって啼《な》くのです」と前置きして弾いた、「鳥の歌」をリクエストしました。それは平和への切なる祈りの曲でした。山崎伸子のチェロは、静かに荘重な響きをもってわたしたちの心に響きました。

それから、一ヵ月あまりたって、わたしは、アメリカの北東部で開かれていた、『繪本 平家物語』の展覧会のために、プリンストン大学のコルカット教授に招かれて、でかけました。

その日、プリンストンは春でした。町中の桜や桃やアーモンドなどの木々がいっせいに花をひらき、行き交う人の服装も明るく、ただでさえ美しい町をいっそう華やいだ雰囲気にしていました。うっとりするような春の日の中で、だれが、あのイラクの惨状を思ったでしょう。でも、わたしはイラク戦争を憂《うれ》う何人ものアメリカ人に会いました。わたしは、話をたのまれて、

「おごれる人も久しからず、唯《ただ》春の夜の夢のごとし。たけき者も遂にはほろびぬ、偏《ひとえ》に風の前の塵《ちり》に同じ」と、いいました。

それは、どんな英語に翻訳されたのか、わたしにはわかりません。けれども、聴衆の一人が、あなたの願いは、わたし達に伝わりました、といってくれました。

あれから、三年たちます。

二〇〇五年十二月十五日のこと、ブッシュ大統領は、「イラクに大量破壊兵器があるという情報は誤っていた」ことを認め、「イラク開戦に責任を負う」と明言しました。しかし、イラクでの戦争はまだ終わりません。

平和の春が、一日も早くくることを願わずにはおられません。

（文中敬称は略しました）

二〇〇六年　早春

安野光雅

島根県津和野町立
ANNO ART MUSEUM
安野光雅美術館

〒699-5605　島根県鹿足郡津和野町後田イ60-1
TEL 0856-72-4155　FAX 0856-72-4157
http://www.town.tsuwano.lg.jp/anbi/anbi.html
開館時間／午前9時～午後5時（最終入館は午後4時45分まで）
休館日／毎週木曜日（祝日は除く）、12月29日～31日

【交通】
飛行機 ●羽田一萩・石見空港間約80分 ●大阪一萩・石見空港間約55分 ●羽田一山口宇部空港間 約80分
主要鉄道 ●山陽新幹線・新山口駅よりJR山口線に乗り継ぎ約1時間
●JR山陰本線・益田駅よりJR山口線に乗り継ぎ 約35分

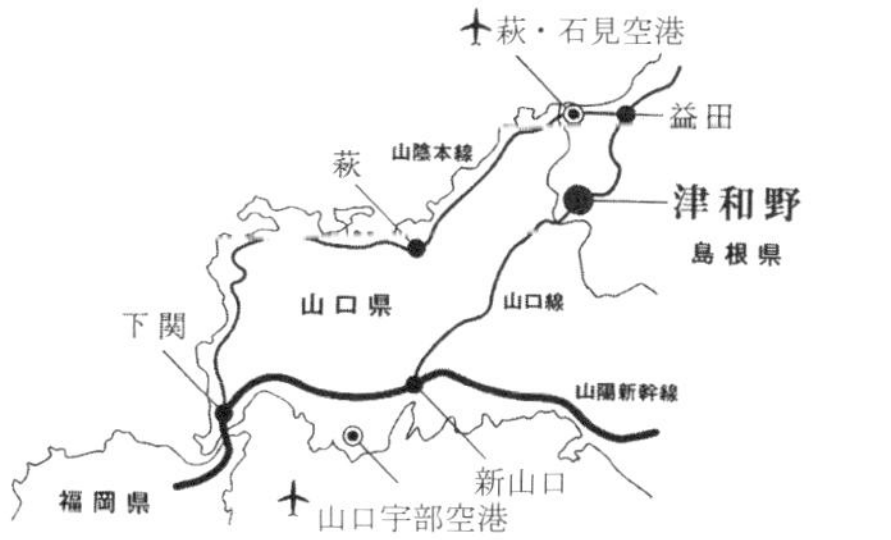

安野光雅

一九二六年、島根県津和野町に生まれる。一九七四年度芸術選奨文部大臣新人賞、ブルックリン美術館賞（アメリカ）、ＢＩＢ金のリンゴ賞（チェコスロバキア）、ボローニア国際児童図書展グラフィック大賞（イタリア）、一九八四年国際アンデルセン賞、昭和六三年紫綬褒章など、内外数多くの賞を受賞。二〇〇一年春、故郷に「安野光雅美術館」が開館した。主な著書に、『ＡＢＣの本』『旅の絵本』（福音館書店）、『安野光雅の画集』『繪本 シェイクスピア劇場』『繪本即興詩人』『空想の繪本』『繪本 歌の旅』（講談社）、『算私語録』『イタリアの丘』（朝日新聞社）、『空想工房』『空想書房』（平凡社）、『安曇野』（文藝春秋）、『昔の子どもたち』『つい きのうのこと』（日本放送出版協会）、『カラー版 絵の教室』（中央公論新社）、『雲の歌 風の曲』（岩崎書店）など。

※本書は、一九九六年刊『繪本 平家物語（特装愛蔵版）』を軽装にして再刊行したものです。

繪《え》本《ほん》平《へい》家《け》物語《ものがたり》 カジュアル版《ばん》

発行日 二〇〇六年 三 月二十日 第 一 刷
二〇二四年 八 月 五 日 第一〇刷

著 者 安野《あんの》光雅《みつまさ》

発行者 森田浩章

発行所 株式会社 講談社
〒一一二-八〇〇一東京都文京区音羽二-一二-二一
電話 編集 〇三-五三九五-三五六〇
販売 〇三-五三九五-四四一五
業務 〇三-五三九五-三六一五

KODANSHA

デザイン協力 亀甲デザイン事務所
印刷所 TOPPAN株式会社
製本所 大口製本印刷株式会社

定価はカバーに表示してあります。

ISBN 4-06-213364-4 N.D.C. 720 172p 25cm